KB087834

ANIMAL
FARM

동 물 농 장

ANIMAL FARM

동물농장

조지 오웰

BOOK PLAZA

CONTENTS

ANIMAL FARM

01

그날 밤 장원농장(裝園農場 Manor Farm: 중세의 귀족 소유지나 영지에 속한 농장을 상징적으로 나타내는 이름)의 존스 씨는 닭장 문을 잠그고 나왔지만, 술에 너무 취해 쪽문을 닫는 것을 잊어버리고 말았다. 그는 둥그런 불빛이 이리저리 흔들리는 등불을 손에 들고 비틀거리며 마당을 가로질러 갔다. 뒷문에 이르러서는 장화를 획 벗어 던진 다음, 주방에 있는 술통에서 마지막 남은 맥주 한 잔을 따라 들이켜고는 침대로 올라갔다. 그의 아내는 벌써 코를 골며 자고 있었다.

침실의 불이 꺼지자마자 농장의 모든 축사에서 웅성거리는 소리와 푸드덕거리는 소리가 나기 시작했다. 동물 품평회에서 상을 받은 미들화이트종의 수퇘지 메이저 영감이 간밤에 이상한 꿈을 꾸었는데, 그 꿈 이야기를 다른 동물들에게 들려주고 싶어 한다는 소문이 낮부터 돌았기 때문이다. 존스 씨가 잠들어 안전해지면 모두가 곧바로 헛간에 모이기로 약속을 했던 것이었다. 메이저 영감(돼지 품평회에는 '윌링던 뷰티'라는 이름으로 나갔지만, 평소에는 이 이름으로 불렸다)은 농장에서 가장 존경을 받고 있었기 때문에, 그의 말을 듣기 위해서라면 모두들 한 시간쯤 잠을 덜 자더라도 기꺼이 받아들일 수 있었다.

큰 헛간의 한쪽 구석에 만들어 놓은 연단 위에 메이저 영감이 짚으로 만든 자리에 편안하게 앉아 있었고, 그의 머리 위로는 대들보에 등이 매달려 있었다. 열두 살인 메이저 영감은 요즘 몸집이 좀 불었지만 여전히 위엄이 넘쳤고, 송곳니를 한 번도 자르지 않았는데도 현명하고 인자해 보였다. 곧 다른 동물들이 모여들기 시작했고 저마다 편한 자세로 자리를 잡기 시작했다. 제일 먼저 블루벨, 제시, 핀처라는 개 세 마리가 도착했고, 그다음에 돼지들이 들어와 연단 바로 앞에 있는 짚더미에 자리를 잡았다. 암탉들은 창틀 위에 앉았고, 비둘기들은 서까래 쪽으로 푸드덕거리며 올라가 앉았다. 양들과 암소들은 돼지 뒤쪽에 누워서 되새김질을 시작했다.

마차를 끄는 말인 복서와 클로버는 짚 속에 있을지도 모르는 작은 동물들을 밟지 않으려고 털이 숭숭 나 있는 큼직한 발굽을 느릿느릿 조심스럽게 떼며 함께 들어왔다. 클로버는 중년에 가까운 뚱뚱한 암말로, 네 번째 새끼를 난 후로는 예전의 모습을 되찾지 못한 상태였다. 복서는 키가 열여덟 뼘(말의 키를 재는 단위로 한 뼘은 약 4인치이다)이나 되는 거대한 말로, 보통 말 두 마리를 합친 것만큼 힘이 셌다. 코 밑에 난 흰 줄무늬 때문에 약간 멍청한 인상을 풍겼는데, 실제로 머리가 썩 좋은 편은 아니었지만 성실한 성격과 뛰어난 힘 때문에 모든 동물로부터 존경받고 있었다.

그들의 뒤를 이어 흰 염소 뮤리엘과 당나귀 벤자민이 도착했다. 벤자민은 농장에서 가장 나이가 많았고, 성미가 몹시 고약했다. 그는 말이 별로 없었는데, 이따금 입을 열 때면 언제나 빈정거리기만 했다. 예를 들어 하느님은 자기에게 파리를 쫓으라고 꼬리를 주셨지만, 자기는 차라리 꼬리도, 파리도 없었으면 좋겠다는 식이었다. 그는 농장에 있는 동물들 가운데 웃음이 없기로 유명했다. 그는 왜 웃지 않느냐는 질문을 받으면 웃을 만한 일이 없어서라고 대답했다. 그래도 그는 내심 복서에게만큼은 헌신적이었다. 일요일이면 그들은 과수원 너머에 있는 작은 목장에서 말없이 나란히 풀을 뜯으며 시간을 보내곤 했다.

복서와 클로버가 막 자리를 잡자 어미를 잃은 새끼 오리 한 무리가 떼를 지어 헛간 안으로 들어오더니, 가냘픈 소리로 삐약삐약 울면서 밟히지 않을 만한 곳을 찾기 위해 이리저리 돌아다녔다. 클로버가 큼직한 앞발로 그들 둘레에 울타리를 치듯 감싸 주자 새끼 오리들은 그 안에 옹기종기 누워 곧바로 잠이 들었다. 마지막 순간에 존스 씨의 이륜마차를 끄는, 멍청하지만 예쁘장한 흰 암말 몰리가 설탕 조각을 씹으며 사뿐사뿐 우아하게 들어왔다. 그녀는 앞쪽에 자리를 잡고는 붉은 리본을 땋아 늘어뜨린 흰 갈기를 뽐내며 흔들었다.

그리고 맨 마지막으로 고양이가 들어왔다. 고양이는 평소와 같이 따뜻한 장소를 찾기 위해 주변을 두리번거리다가 복서와 클로버 사이로 비집고 들어갔다. 그녀는 메이저 영감이 연설을 하는 내내 한마디도 듣지 않고 그저 기분이 좋은 듯 가르랑거렸다.

이제 뒷문 위 횃대에서 잠자고 있는 집까마귀 모지스를 제외하고 모든 동물이 다 모였다. 메이저 영감은 동물들이 모두 편하게 자리를 잡고 그를 예의주시하며 기다리고 있는 것을 보고 헛기침을 한번 한 뒤 연설을 시작했다.

"동지 여러분, 여러분은 내가 어젯밤에 이상한 꿈을 꾸었다는 얘기를 이미 들어서 알고 있을 것입니다. 그러나 꿈 이야기는 나중에 하기로 하고, 먼저 다른 이야기부터 하겠습니다. 동지 여러분, 내게는 앞으로 여러분과 함께 지낼 시간이 몇 달밖에 남지 않은 것 같습니다. 그래서 죽기 전에 내가 터득한 지혜를 여러분에게 전해 주는 것이 내 의무라고 생각합니다. 나는 오래 살았고 돼지우리에 혼자 누워 여러 가지 생각을 할 시간이 많았습니다. 덕분에 이 지구상에 살아 있는 어떤 동물보다도 삶의 본질을 잘 이해한다고 말할 수 있을 것 같습니다. 지금 여러분에게 말하려고 하는 것도 바로 그 문제에 대한 것입니다.

자, 동지 여러분. 우리가 누리고 있는 삶의 본질은 무엇이라고 생각하십니까? 이 문제를 한번 직시해 봅시다. 우리의 삶은 비참하고 고되고 짧습니다. 우리는 이 세상에 태어나서 간신히 생명을 유지할 수 있을 정도의 먹이를 받아먹고, 우리 중 노동력이 있는 자들은 마지막 힘이 다하는 순간까지 혹사당하고 있습니다. 그리고 쓸모가 없어지는 순간 처참하게 도살을 당하게 됩니다. 영국에 사는 동물들은 태어난 지 1년만 지나면 행복이나 여가라는 것이 무엇인지 모르게 됩니다. 영국에 있는 그 어떤 동물도 자유를 누리지 못하고 있습니다. 동물의 삶이란 절망이자 노예의 삶이지요. 이것은 명백한 사실입니다.

하지만 이것이 과연 자연의 섭리이기 때문일까요? 아니면 우리가 살고 있는 이 나라가 너무나 가난해서 이곳에 사는 우리에게 풍족한 삶을 제공해줄 수 없기 때문일까요? 아닙니다, 여러분. 절대 그렇지 않습니다! 영국의 땅은 비옥하고 기후가 좋아서 지금보다 훨씬 많은 동물을 배불리 먹일 수 있습니다. 우리가 사는 농장도 열두 마리의 말과 스무 마리의 암소, 수백 마리의 양을 먹여 살릴 수 있습니다. 이들 모두 우리가 상상할 수 없을 정도로 편안하고 품위 있는 생활을 누릴 수 있습니다. 그렇다면 우리는 왜 이렇게 비참한 생활을 계속하고 있는 걸까요? 그것은 우리의 노동으로 생산한 거의 모든 것들을 인간들이 약탈해 가기 때문입니다. 동지 여러분, 바로 여기에 우리가 안고 있는 모든 문제에 대한 답이 있습니다. 그것은 '인간'이라는 한 단어로 요약할 수 있습니다. '인간'이야말로 우리의 유일한 적입니다. 인간을 몰아낸다면 굶주림과 과로의 근본적인 원인이 영원히 사라질 것입니다.

인간은 생산은 하지 않고 소비만 하는 유일한 동물입니다. 그들은 젖도 만들어내지 못하고 알도 낳지 못합니다. 너무 약해서 쟁기도 끌 수 없고, 토끼를 잡을 만큼 빨리 달리지도 못합니다. 그러나 그들은 모든 동물의 왕입니다. 그들은 동물들을 부려먹고 굶어 죽지 않을 만큼의 식량을 제공하고 나머지는 독차지합니다. 우리의 노동력으로 땅을 경작하고 우리의 분뇨로 땅을 비옥하게 하지만, 정작 우리에게는 벌거벗은 가죽밖에는 남은 것이 없습니다. 여기 내 앞에 계신 암소 여러분, 여러분이 지난 1년간 젖을 몇천 갤런이나 생산했나요? 그런데 송아지를 튼튼하게 키우는 데 쓰여야 할 그 우유가 어떻게 되었습니까? 마지막 한 방울까지 우리 적들의 목구멍을 축이는 데 쓰였습니다. 그리고 암탉 여러분, 여러분은 1년 동안 얼마나 많은 알을 낳았습니까? 그 중 부화하여 병아리가 된 것은 몇 개나 됩니까? 나머지 알은 전부 시장에 팔려가 존스와 그 일당들의 돈벌이가 되었습니다. 그리고 클로버, 당신이 낳은 망아지 네 마리는 지금 어디에 있습니까? 당신이 나이가 들면 도움을 주고 기쁨을 줄 그들은 한 살이 되자마자 팔려 갔습니다. 당신은 다시는 자식들을 보지 못할 것입니다. 네 번이나 새끼를 낳았고 들에서 고생하며 일한 대가로 당신이 받은 것이 고작 굶어 죽지 않을 만큼의 먹이와 마구간 외에 대체 무엇입니까?

우리의 이런 비참한 삶은 타고난 수명을 누리는 것조차 허용되지 않습니다. 내 경우를 말하자면, 그 점에서는 운이 좋았던 동물 중 하나이기 때문에 불만은 없습니다. 나는 열두 살이고 자식들도 4백 마리가 넘습니다. 이것이 돼지가 타고난 수명입니다. 하지만 모든 동물은 결국 잔인한 칼을 피할 수는 없습니다. 내 앞에 앉아 있는 젊은 식용 돼지 여러분, 여러분은 앞으로 1년도 못가서 전부 도살장에서 비명횡사할 것입니다. 우리는 모두 그런 끔찍한 최후를 맞이할 것입니다. 암소와 돼지와 암탉과 양, 모두가 말입니다. 심지어 말이나 개의 운명도 나을 것은 없습니다. 복서, 당신도 그 멋진 근육이 힘을 잃게 되는 순간 존스가 폐마 도축업자에게 팔아넘길 것입니다. 그는 당신의 목을 자르고 삶아서 사냥개의 먹이로 만들 겁니다. 개의 신세로 말할 것 같으면 나이가 들고 이빨이 빠지면 존스가 그들의 목에 벽돌을 매달아 가까운 연못에 빠뜨려 죽일 겁니다.

그렇다면 동지 여러분, 우리 삶의 모든 불행이 인간들의 횡포 때문이라는 것이 명백하지 않습니까? 인간을 없애면 우리 노동의 산물은 온전히 우리의 것이 될 것입니다. 하룻밤 사이에 우리는 부자가 되고 자유로운 몸이 될 수 있습니다. 그렇다면 우리는 어떻게 해야 할까요? 그렇습니다. 밤낮으로 인류의 타도를 위해 몸과 마음을 다해 일해야 합니다! 동무들, 이것이 내가 여러분에게 전하고자 하는 메시지입니다. 반란을 일으킵시다! 그날이 언제 올지는 저도 모릅니다. 일주일 뒤가 될 수도 있고, 백 년 뒤가 될 수도 있습니다. 그렇지만 결국 정의가 실현될 것이라는 사실은 내 발밑의 짚을 보는 것만큼이나 분명합니다. 동지 여러분, 짧은 여생이나마 이러한 신념을 잊어서는 안 됩니다! 무엇보다 나의 메시지를 다음 세대 동물들에게 전해서 승리를 얻을 때까지 투쟁할 수 있도록 해야 합니다.

그리고 동지 여러분, 여러분의 결의가 결코 흔들려서는 안 된다는 점을 잊지 마십시오. 어떠한 유혹에도 흔들려서는 안 됩니다. 인간과 동물이 공동의 이해관계가 있다느니, 한쪽의 번영이 다른 쪽의 번영이라느니 하는 말에 절대 귀를 기울이지 마십시오. 그 것은 모두 거짓말입니다. 인간은 그들 이외의 어떤 동물의 이익도 원하지 않습니다. 그러니 우리 동물들은 철저하게 단결하고 완벽한 동료애를 발휘하여 투쟁해야 합니다. 모든 인간은 적입니다. 모든 동물은 동지입니다."

이때 시끄러운 소동이 일어났다. 메이저 영감이 연설하는 동안 커다란 쥐 네 마리가 몰래 구멍에서 기어 나와 뒷다리를 접고 앉아 그의 연설을 듣고 있었던 것이다. 하지만 개들에게 들키자마자 쥐들은 구멍으로 쏜살같이 달려 들어가 간신히 목숨을 건졌다. 메이저 영감은 앞발을 들어 모두 조용히 하라고 했다.

"동지 여러분, 이 시점에서 우리가 결정해야 하는 문제가 한 가지 있습니다. 쥐와 토끼 같은 들짐승들은 우리의 동지입니까, 적입니까? 이 문제에 대해 표결을 하도록 합시다. '쥐는 우리의 동지인가?'라는 문제를 안건으로 상정하는 바입니다."

즉시 투표가 진행되었고 압도적인 표를 얻어 쥐는 동지로 결정되었다. 반대표는 겨우 네 표로, 개 세 마리와 고양이 한 마리였다. 고양이는 양쪽에 다 투표를 한 사실이 나중에 밝혀졌다.

메이저 영감은 다시 연설을 이어갔다.

"이제 내가 하고 싶은 말은 거의 다 했습니다. 다만 다시 한번 말하건대, 인간과 그들이 하는 모든 방식에 대해 적대감을 가지는 것이 여러분의 의무라는 것을 결코 잊어서는 안 됩니다. 두 발로 걷는 자는 모두 적입니다. 네 발로 걷는 자, 날개를 가진 자는 누구든지 우리의 동무입니다. 그리고 한 가지 더 기억해야 하는 것은 인간과 투쟁할 때 우리가 그들을 닮아가서는 안 된다는 것입니다. 인간을 정복한 뒤에도 그들의 악습에 물들어서는 안 됩니다. 어떤 동물도 집에 살거나, 침대에서 잠을 자거나, 옷을 입거나, 술을 마시거나, 담배를 피우거나, 장사를 해서는 안 됩니다. 인간의 모든 습관은 사악하기 때문입니다. 그리고 무엇보다도 중요한 것은 그 어떤 동물도 서로를 탄압해서는 안 된다는 것입니다. 약하든 강하든, 현명하든 우둔하든 우리는 모두 형제입니다. 그 어떤 동물도 다른 동물을 살해해서는 안 됩니다. 모든 동물은 평등합니다.

자, 동지 여러분. 이제 간밤에 내가 꾼 꿈 얘기를 하겠습니다. 여러분들에게 그 꿈을 생생하게 설명할 수는 없지만, 분명한 것은 그것이 인간이 사라진 후에 펼쳐질 세상에 대한 꿈이었다는 것입니다. 그 꿈 덕분에 나는 오랫동안 잊고 지냈던 사실을 기억해 낼 수 있었습니다. 수년 전, 내가 새끼돼지였던 시절에, 우리 어머니와 다른 암퇘지들이 부르던 노래가 하나 있었습니다. 그 가락과 가사 중 겨우 첫 세 마디만 기억 속에 남아 있습니다. 어렸을 때는 그 가락을 알고 있었지만, 그 후로 잊고 있었습니다. 그런데 어젯밤에 그 가락이 꿈속에서 되살아났습니다. 게다가 가락뿐만 아니라 그 노래의 가사까지 전부 기억이 났습니다. 오랜 옛날 분명 여러 동물이 함께 불렀지만 여러 세대를 거치면서 조금씩 잊혀진 그 가사가 말입니다. 동지 여러분, 이제부터 그 노래를 불러보겠습니다. 늙어서 목소리가 쉬었지만, 여러분들에게 그 가락을 가르쳐주면 여러분은 아마 더 잘 부를 수 있을 것입니다. 그 곡은 〈영국의 동물들〉이라고 합니다."

메이저 영감은 목소리를 가다듬고 노래를 하기 시작했다. 그의 말대로 목소리는 쉬었지만, 꽤 잘 불렀다. 그 곡은 〈클레멘타인〉과 〈라쿠카라차〉를 합쳐놓은 듯한 감동적인 가락이었다. 가사는 다음과 같았다.

영국의 동물들이여, 아일랜드의 동물들이여
그리고 온 세계의 동물들이여
즐거운 소식에 귀를 기울여라
황금빛 미래의 소식을.

머지않아 그날이 오리라
폭군 인간이 전복당하고
풍요로운 영국의 들판에는
오직 동물들만이 활보하리라.

코뚜레가 우리 코에서 사라지고
멍에가 우리 등에서 사라지리라
재갈과 박차가 영원히 녹슬고
잔인한 채찍은 더는 휘둘러지지 않으리라.

상상조차 할 수 없는 부유함이
밀과 보리, 귀리와 건초,
토끼풀과 콩과 사탕무가
그날이면 우리의 것이 되리라.
영국의 들판은 찬란하게 빛나고
강물은 더욱 맑아지리라
미풍은 더욱 감미롭게 불어오리라
우리가 자유가 되는 바로 그날에.

그날을 위해 우리 모두 일하리라
비록 그날을 못 보고 죽을지라도
암소도 말도 거위도 칠면조도
모두 자유를 위해 열심히 힘쓰리라.

영국의 동물들이여, 아일랜드의 동물들이여
온 세상 방방곡곡의 동물들이여
귀 기울여 듣고 널리 전하라
황금빛 미래의 빛나는 소식을.

　메이저 영감이 이 노래를 부르자 동물들은 흥분의 도가니에
빠졌다. 그가 노래를 다 부르기도 전에 동물들은 노래를 따라 부르기 시작했다. 가장 우둔한 동물들까지도 곡조와 가사 몇 소절을 주워들어 익혔고, 돼지나 개처럼 머리가 좋은 동물들은 몇 분
이내에 노래를 전부 외웠다. 그리고 몇 번 연습을 한 뒤, 농장의

모든 동물이 우렁차게 〈영국의 동물들〉을 합창했다. 암소들은 음매, 개는 멍멍, 양은 매매, 말은 히힝, 오리는 꽥꽥거리며 노래를 불렀다. 동물들은 이 노래가 몹시 마음에 들어 연달아 다섯 번이나 불러댔고, 누가 방해하지만 않았다면 밤새도록 노래를 불렀을 것이다.

그러나 안타깝게도 소란스러운 노랫소리에 존스 씨가 잠에서 깨 안마당에 여우가 들어온 게 틀림없다고 생각하며 침대에서 벌떡 일어났다. 그는 침실 구석에 늘 세워져 있는 총을 들고 나와 어둠 속을 향해 총을 여섯 차례 발사했다. 총알은 창고 벽에 박혔고 회의는 부랴부랴 해산되었다. 모두 각자 잠자리로 정신없이 흩어졌다. 새들은 횃대로 날아갔고, 동물들은 짚더미 속으로 들어갔다. 농장 전체가 순식간에 잠에 빠져들었다.

ANIMAL
FARM

02

그로부터 사흘 후, 메이저 영감은 잠을 자다가 편안하게 세상을 떠났다. 그의 시체는 과수원 한쪽 기슭에 묻혔다.

그것은 3월 초순의 일이었다. 그 후 3개월 동안 많은 활동이 동물들 사이에 비밀스럽게 진행되었다. 메이저 영감의 연설은 농장에 있는 좀 더 똑똑한 동물들에게 완전히 새로운 인생관을 심어주었다. 그들은 메이저 영감이 예언한 반란이 언제 일어날 것인지를 알 수 없었고, 자신들이 살아 있는 동안 일어날 것이라고 확신할 수도 없었지만, 그것을 준비하는 것이 자신들의 의무라는 사실만은 분명히 깨닫고 있었다. 다른 동물들을 가르치고 조직하는 일은 당연히 농장에서 가장 총명하다고 인정받고 있는 돼지들에게 주어졌다. 그들 중에서도 가장 뛰어난 돼지는 존스 씨가 시장에 내다 팔기 위해 사육시키고 있는 스노볼과 나폴레옹이라는 젊은 수퇘지 두 마리였다. 나폴레옹은 몸집이 크고 사납게 생긴 이 농장의 유일한 버크셔종 수퇘지로, 말솜씨는 그다지 뛰어나지 않았지만 마음먹은 것은 반드시 해내고야 마는 추진력의 소유자로 알려져 있었다. 스노볼은 나폴레옹보다 더 쾌활하고 언변이 뛰어나고 더 창의적이지만, 나폴레옹만큼 속이 깊지 않다고 알려져 있었다. 나머지 수퇘지들은 전부 식용 돼지였다. 그들 중 가장 유명한 돼지는 스퀼러라는 통통하게 살이 찐 작은 돼지로, 뺨이 통통하고 눈은 반짝거렸으며 움직임은 민첩하고 목소리는 날카로웠다. 그는 말솜씨가 뛰어났고 어려운 문제를 논의할 때는 이리저리 뛰어다니며 꼬리를 흔드는 습관이 있었는데, 그것이 왠지 설득력이 있어 보였다. 다른 동물들은 스퀼러라면 검은색을 흰색으로도 바꿀 수 있다고 말할 정도였다.

이 세 마리의 돼지들은 메이저 영감의 가르침을 완전한 사상 체계로 정립했고, 거기에 '동물주의'라는 이름을 붙였다. 존스 씨가 잠들고 난 후 일주일에 몇 번씩 그들은 헛간에서 비밀리에 모여 다른 동물들에게 동물주의의 기본 이념을 설명했다. 처음에 동물들은 우둔하고 냉담한 반응을 보였다. 어떤 동물들은 '주인님'이라고 부르는 존스 씨에게 충성을 다할 의무가 있다고 말했다. 그들은 "존스 씨는 우리를 먹여 살리고 있어요. 만약 그분이 없다면 우린 굶어 죽을 거예요."라는 유치한 말을 하기도 했다. 그런가 하면 "우리가 죽은 뒤에 일어날 일까지 왜 걱정을 해야 해요?"라든가 "만약 이 반란이 어차피 일어날 거라면, 그걸 위해 우리가 노력하든 안 하든 무슨 차이가 있는 건가요?"라고 질문하기도 했다. 돼지들은 이러한 사고방식이 동물주의 정신에 위배된다는 점을 이해시키는 데 무척 애를 먹었다. 흰 암말 몰리가 가장 어리석은 질문을 했다. 그녀가 스노볼에게 던진 첫 질문은 "반란을 일으킨 뒤에도 설탕이 있을까요?"였다.

"없습니다." 스노볼은 딱 잘라 대답했다. "이 농장에서는 설탕을 만들 방법이 없기 때문입니다. 게다가 당신은 설탕이 필요 없어요. 하지만 당신은 원하는 만큼 귀리와 건초를 먹을 수 있을 겁니다."

"그러면 내 갈기에 리본은 지금처럼 달고 있어도 되겠지요?" 몰리가 물었다.

"동지, 당신이 그토록 소중하게 여기는 그 리본은 노예의 상징입니다. 당신은 리본보다 자유가 더 소중하다는 것을 이해하지 못하겠습니까?" 스노볼이 말했다.

몰리는 그 말에 동의했지만, 완전히 이해한 것은 아니었다.

돼지들은 사람들이 길들인 집까마귀 모지스가 퍼뜨려 놓은 거짓말을 반박하느라 더욱 큰 어려움을 겪었다. 존스 씨가 특히 아끼는 애완동물이었던 모지스는 첩자이자 밀고자였는데, 영리한 연설가이기도 했다. 그는 모든 동물이 죽은 뒤에 간다는 '설탕사탕 산(山)'이라는 신비한 나라에 대해 알고 있다고 주장했다. 모지스에 따르면 그곳은 높은 하늘 구름 저편 어딘가에 있었다. 설탕사탕 산은 일주일 내내가 일요일이고, 토끼풀이 사시사철 자라며, 울타리에는 각설탕과 아마씨(아마의 씨앗에서 기름을 짜고 남은 찌꺼기로, 양과 소의 먹이로 사용된다 – 옮긴이 주) 과자가 자란다고 했다. 동물들은 입만 놀리고 일은 하지 않는 모지스를 미워했지만, 몇몇은 설탕사탕 산이 존재한다고 믿었다. 돼지들은 그런 사후 세계는 존재하지 않는다고 그들을 설득하느라 진땀을 흘렸다.

돼지들의 가장 성실한 제자는 마차를 끄는 복서와 클로버라는 말 두 마리였다. 이들 둘은 스스로 무언가를 생각해 내는 능력은 떨어졌지만, 돼지들을 스승으로 받아들인 후 그들의 가르침을 하나부터 열까지 따르고, 다른 동물들에게 그것을 간략하게 요약해서 전달했다. 그들은 헛간에서 열리는 비밀회의에 반드시 참석했고, 집회가 끝날 때 늘 부르는 〈영국의 동물들〉을 선창했다.

그런데 반란은 예상보다 훨씬 빨리, 그리고 쉽게 이루어졌다. 지난 수년간 존스 씨는 엄격한 주인이긴 했지만, 수완이 좋은 농장주였다. 그러나 그는 최근 들어 실의에 빠져 지냈다. 소송에 휘말려 큰돈을 잃은 후 의기소침해져서 건강을 해칠 정도로 술을 마셨다. 때로는 몇 날 며칠을 온종일 주방에 있는 윈저 의자(등받

이가 높은 의자)에 앉아 신문을 읽고 술을 마시며 이따금 모지스에게 맥주에 적신 빵조각을 주며 빈둥댔다. 존스 씨가 고용한 인간 일꾼들은 게을러져 꾀를 부리기 시작했고, 그 때문에 밭에는 잡초가 무성했으며, 건물 지붕은 손질해야 할 곳 투성이였고, 울타리는 망가졌고, 동물들은 제대로 먹지 못했다.

6월이 되자 건초용 풀을 벨 시기가 다가왔다. 성 요한 기념일(성 요한 축일, 세례자 요한이 탄생한 6월 24일을 기리는 축일 – 옮긴이 주) 전날이 마침 토요일이어서 존스 씨는 윌링던에 있는 레드 라이언 술집에서 술을 진탕 마시고 일요일 정오가 되어서야 집에 돌아왔다. 일꾼들은 아침 일찍 암소의 젖을 짠 후, 가축들에게 먹이를 주는 것을 잊은 채 자기들끼리 토끼 사냥을 가버렸다. 존스 씨는 돌아오자마자 응접실 소파에서 〈세계 뉴스〉지로 얼굴을 덮고 잠이 들었고, 동물들은 저녁이 되었는데도 배를 곯고 있어야 했다. 마침내 동물들은 더는 참을 수가 없었다. 암소 한 마리가 뿔로 사료 창고의 문을 부수고 들어가자 동물들은 모두 사료통에서 마음껏 먹이를 먹기 시작했다. 그제야 존스 씨가 잠에서 깼다. 그와 사냥터에서 돌아온 일꾼 네 명이 곧바로 손에 채찍을 들고 사료 창고로 뛰어 들어와 채찍을 마구 휘둘렀다. 굶주린 동물들로서는 참을 수 없는 일이었다. 사전에 계획한 것은 아니었지만 동물들은 일제히 학대자들을 향해 돌진했다. 존스 씨와 그의 일꾼들은 사방에서 뿔에 받히고 발로 차였다. 상황은 걷잡을 수 없게 되었다. 그들은 동물들이 이렇게 구는 것을 한 번도 본 적이 없었고, 지금껏 마음대로 채찍질하며 부려오던 동물들이 이처럼 갑자기 달려들자 깜짝 놀라 정신을 잃을 지경이었다. 잠시 후 그들은 방어하기를 포기하고 도망치기 시작했다. 1분쯤 뒤 이들 다섯 명은 큰길로 통하는 마차길로 줄행랑을 쳤고, 동물들은 의기양양하게 그들을 쫓아갔다.

존스 부인은 침실 창문으로 밖을 내다보다가 이 광경을 보고 서둘러 몇 가지 소지품을 챙겨서 다른 길을 통해 농장을 빠져나갔다. 모지스는 횃대에서 뛰어내리더니 그녀를 따라 날아가며 큰 소리로 까악까악 울부짖었다. 한편 동물들은 존스와 그의 일꾼들을 큰길까지 쫓아낸 후 재빨리 빗장 다섯 개가 달린 나무 출입문을 쾅 하고 닫아버렸다. 이렇게 해서 자신들도 무슨 일이 일어났는지 깨닫기도 전에 반란이 성공적으로 이루어졌다. 존스는 쫓겨났고, 장원농장은 그들의 것이 되었다.

처음 얼마간 동물들은 그들에게 갑자기 닥친 행운을 믿을 수가 없었다. 그들이 제일 먼저 한 일은 숨어 있는 인간이 없다는 사실을 확인하려는 듯이 함께 모여 농장 주변을 돌아보는 것이었다. 그러고 나서 농장 건물로 돌아와 존스에게 지배받았던 흔적을 말끔히 씻어냈다. 마구간 끝에 있는 마구 창고를 부수고 달려 들어가 재갈, 코뚜레, 개 사슬, 그리고 존스가 돼지와 양을 거세할 때 사용했던 잔인한 칼 따위를 전부 우물에 내던졌다. 고삐, 굴레, 가죽 눈가리개, 그리고 치욕스러운 여물 망태 등도 마당에서 타고 있는 불더미 속으로 던져졌다. 채찍도 마찬가지였다. 채찍이 불꽃이 되어 타오르는 모습을 보고 동물들은 모두 기뻐 날뛰었다. 스노볼은 장날이면 말갈기와 꼬리를 장식하던 리본도 불속에 던져 버렸다.

"리본은 옷으로 간주해야 합니다. 그건 인간을 상징하는 것이

죠. 동물은 옷을 입어서는 안 됩니다." 스노볼이 말했다.

이 말을 들은 복서는 여름이면 귓가에 몰려오는 파리를 막기 위해 쓰고 다니던 작은 밀짚모자를 가져와서 나머지 물건들과 함께 불 속에 던져 넣었다.

순식간에 동물들은 존스 씨를 떠오르게 만드는 것들을 전부 없애 버렸다. 그런 뒤 나폴레옹은 그들을 헛간으로 데리고 가서 늘 받아먹던 양보다 두 배나 많은 옥수수를 모두에게 나누어 주었고, 개들에게는 비스킷을 두 개씩 각각 나누어 주었다. 그런 뒤 모두 함께 〈영국의 동물들〉을 처음부터 끝까지 일곱 번을 연달아 부른 후, 잠자리에 들어가 전에는 느껴 보지 못한 단잠을 잤다.

그들은 다음 날 여느 때와 마찬가지로 새벽녘에 잠에서 깼지만, 어제 있었던 그 영광스러운 일을 불현듯 기억하고는 모두 함께 목초지로 달려갔다. 목초지에서 조금 내려가면 농장 전체를 한눈에 바라볼 수 있는 자그마한 언덕이 있었다. 동물들은 그 언덕 위로 올라가 맑은 햇살을 받으며 주변을 둘러보았다. 그렇다. 이 모든 것이 그들의 것이었다. 눈앞에 보이는 모든 것이 그들의 소유였다! 그 황홀한 감정에 젖어 그들은 이리저리 뛰어다니기도 하고 공중으로 껑충껑충 뛰어오르며 기뻐했다. 그들은 아침이슬 속에 뒹굴어보기도 하고, 싱싱한 여름풀을 한입 가득 뜯어먹기도 하며, 검은 흙덩이를 힘껏 걷어차 그 풍요로운 냄새를 맡아보기도 했다. 그런 뒤 그들은 농장 구석구석을 둘러보며 이루 말할 수 없는 감격 속에서 경작지, 건초용 풀밭, 과수원, 연못, 작은 숲을 둘러보았다. 모든 것이 전에는 한 번도 보지 못했던 광경 같았다. 그리고 그것이 모두 자신들의 것이라는 사실이 도저히 믿기지 않았다.

그런 뒤 동물들은 줄을 지어 농장 건물로 돌아와 농장주의 집 앞에서 멈춰 섰다. 그 집 역시 그들의 것이었지만 안으로 들어가기는 겁이 났다. 얼마 후 스노볼과 나폴레옹이 어깨로 문을 들이받아 열었고, 동물들은 물건 하나라도 망가질까 조심하며 한 줄로 서서 안으로 들어갔다. 그들은 살금살금 이 방 저 방을 돌아다니며 겁먹은 목소리로 소곤거렸다. 그들은 믿을 수 없을 만큼 호화로운 온갖 물건들, 예를 들어 깃털로 만든 매트리스가 놓인 침대, 거울, 말총으로 만든 소파, 브뤼셀산(産) 양탄자, 거실 벽난로 위에 걸어놓은 빅토리아 여왕의 석판화를 경외심의 눈길로 바라보았다. 막 계단을 내려가고 있을 때 그들은 몰리가 없어졌다는 사실을 깨달았다. 다시 돌아가 보니 그녀는 가장 멋지게 꾸민 침실에 남아 있었다. 그녀는 존스 부인의 화장대에서 푸른색 리본을 꺼내 어깨에 걸치고는 바보 같은 모습으로 자신의 모습에 감탄하고 있었다. 다른 동물들이 그녀를 혹독하게 나무란 다음 밖으로 데리고 나갔다. 그들은 먼저 간 식용돼지들을 추모하기 위해 부엌에 걸려 있던 가공육 햄 몇 덩어리를 땅에 묻어주기 위해 가지고 나왔다. 복서는 조리대에 있던 맥주통을 발굽으로 차서 깨뜨려버렸지만, 그 밖에 다른 물건은 전혀 건드리지 않았다. 이 집을 박물관으로 보존해야 한다는 의견은 그 자리에서 만장일치로 통과되었다. 그 어떤 동물도 그 안에서 살아서는 안 된다는 점에 대해 모두가 동의했다.

동물들이 아침 식사를 마치자, 스노볼과 나폴레옹이 그들을 다시 불러 모았다.

"동지 여러분!" 스노볼이 말했다. "지금은 오전 6시 30분이고 긴 하루가 우리를 기다리고 있습니다. 오늘 우리는 건초를 거둬들이기 시작하겠습니다. 하지만 우선 먼저 처리해야 할 문제가 있습니다."

그러면서 돼지들은 한 가지 사실을 고백했는데, 사실은 자신들이 지난 석 달 동안 존스 씨의 아이들이 쓰다가 쓰레기더미 속에 버린 낡은 철자법 교본을 가져다가 글을 읽고 쓰는 법을 다른 동물들보다 먼저 독학했다고 밝혔다.

나폴레옹은 검은색과 흰색 페인트를 가져오게 한 뒤, 큰길로 통하는 빗장 다섯 개가 달린 문으로 동물들을 이끌고 갔다. 그곳에서 스노볼(그는 동물들 중에서 글씨를 제일 잘 썼다)이 앞발 두 발가락 사이에 붓을 끼우고 맨 위쪽 가로대에 쓰인 '장원농장'이라는 글씨를 지우더니 그 자리에 '동물농장'이라고 썼다. 앞으로 이 농장은 '동물농장'이라는 이름으로 불리게 될 것이다. 그런 뒤 그들은 농장 건물로 돌아왔다.

스노볼과 나폴레옹은 사다리를 가져오게 해서 그것을 큰 헛간 벽에 세워놓도록 했다. 그들은 지난 석 달 동안 연구한 끝에 동물주의의 원칙을 '일곱 계명'으로 요약하는 데 성공했다고 설명했다. 이제 사다리로 올라가 그 일곱 계명을 벽에 적을 요량이었다. 그것은 동물농장의 모든 동물들이 앞으로 영원히 지켜야 할 불변의 규율이 될 것이었다. 스노볼은 간신히 (돼지가 사다리에서 균형을 잡기란 쉽지 않은 일이기 때문이다) 사다리를 올라가 글씨를 쓰기 시작했고, 스퀼러는 사다리 두세 계단 아래에서 페인트 통을 들고 있었다. 일곱 계명은 약 30야드(약27.4미터) 떨어진 곳에서도 읽을 수 있을 만큼 큼직한 흰 글씨로 타르 칠을 한 벽에 쓰였다. 일곱 계명은 다음과 같았다.

일곱 계명
1. 두 다리로 걷는 자는 모두 적이다.
2. 네 다리로 걷거나 날개가 있는 자는 모두 친구이다.
3. 어떤 동물도 옷을 입어서는 안 된다.
4. 어떤 동물도 침대에서 잠을 자서는 안 된다.
5. 어떤 동물도 술을 마셔서는 안 된다.
6. 어떤 동물도 다른 동물을 죽여서는 안 된다.
7. 모든 동물은 평등하다.

글씨는 아주 깔끔했다. 친구를 뜻하는 'friend'가 'freind'로 잘 못 씌었고, 's'자 하나가 좌우로 뒤집힌 것 말고는 철자도 모두 정확했다. 스노볼은 다른 동물들을 위해 큰 소리로 일곱 계명을 읽어주었다. 그러자 동물들은 완전히 동의한다는 뜻을 표하며 고개를 끄덕였고, 그 중 영리한 놈들은 곧바로 일곱 계명을 외우기 시작했다.

"자, 동지 여러분!" 스노볼이 붓을 내던지며 말했다. "이제 풀밭으로 나갑시다! 우리의 명예를 걸고 존스와 그의 일꾼들보다 먼저 수확합시다."

그러나 이때 얼마 전부터 몸이 불편해 보이던 암소 세 마리가 음매 하고 큰 소리로 울었다. 그들은 적어도 24시간 동안 젖을 짜지 않아 젖통이 거의 터질 지경이었다. 돼지들은 잠시 궁리를 하다가 양동이를 가져오게 해서 제법 능숙하게 암소들의 젖을 짜주었다. 그들의 네 다리는 젖을 짜기에 안성맞춤이었다. 곧 거품이 이는 크림 같은 우유가 다섯 양동이나 찼고, 많은 동물들이 호기심 어린 눈길로 그 우유를 바라보았다.

"그 많은 우유를 다 어떻게 할 건가요?" 누군가가 물었다.

"존스가 가끔 우리 죽에 우유를 섞어 주기도 했어요." 암탉 하나가 말했다.

"동지 여러분, 우유에는 신경 쓰지 마십시오!" 나폴레옹이 양동이 앞으로 나와 큰 소리로 말했다. "잘 처리될 겁니다. 그보다 수확하는 것이 더 중요합니다. 동지 여러분, 스노볼 동무가 앞장설 것입니다. 나도 곧 따라가겠습니다. 갑시다, 동지 여러분! 건초가 기다리고 있습니다."

그리하여 동물들은 건초를 거두기 위해 줄지어 풀밭으로 내려갔다. 그리고 저녁에 돌아왔을 때는 우유가 감쪽같이 사라지고 없었다.

ANIMAL
FARM

03

건초를 거둬들이기 위해 얼마나 많은 땀을 흘렸던가! 그러나 그들의 노력은 보상을 받았다. 수확량이 기대했던 것보다 훨씬 더 많았던 것이다.

물론 힘든 일도 많았다. 농기구들은 인간들을 위해 만들어진 것이지 동물들을 위한 것이 아니었다. 뒷발로 직립보행하지 않으면 사용할 수 없는 도구가 많다는 것은 동물들에게 큰 장애가 되었다. 그러나 돼지들은 아주 똑똑해서 모든 어려움을 극복할 해결책을 찾아낼 수 있었다. 말들은 풀밭 구석구석을 잘 알고 있었고, 사실 존스나 그의 일꾼들보다 풀을 베고 거두어들이는 일에 대해 훨씬 더 잘 파악하고 있었다. 돼지들은 직접 일하지는 않고 다른 동물들을 지휘하고 감독했다. 지식이 뛰어난 그들이 주도권을 장악하는 것은 당연한 일이었다. 복서와 클로버는 제초기나 써레를 몸에 달고(재갈이나 고삐는 이제 필요 없었다) 듬직하게 몇 번이나 밭을 돌았다. 그럴 때면 돼지 한 마리가 뒤를 따르며 이따금 "이랴, 동지!" 혹은 "워워, 동지!"라고 소리쳤다. 가장 보잘것없는 동물들까지도 풀을 베고 거둬들이는 일에 참여했다. 심지어 오리들과 암탉들도 온종일 햇살 아래를 오가며 작은 건초 다발을 주둥이로 물어 날랐다. 마침내 그들은 존스와 그의 일꾼들이 평소 일했던 것보다 이틀이나 빨리 수확을 끝마쳤다. 더욱이 그해는 이 농장에서 일찍이 볼 수 없었던 엄청난 풍년이었다. 낭비한 것은 아무것도 없었다. 닭들과 오리들이 예리한 눈으로 마지막 한 줄기까지 모조리 모았기 때문이다. 또한, 농장의 동물들 그 누구도 한 입도 훔쳐 먹지 않았다.

그해 여름 내내 농장 일은 시계처럼 규칙적으로 진행되었다. 동물들은 전에는 상상할 수도 없을 만큼 행복했다. 한 입 한 입 먹는 먹이가 짜릿하고 벅찬 기쁨을 주었다. 인색한 주인이 조금씩 나누어 준 음식이 아니라 그들이 직접 자신들을 위해 생산해낸 음식이었기 때문이었다. 쓸모없는 기생충 같은 인간들이 없어지자 동물들에게 돌아가는 음식이 훨씬 많아졌다. 또한, 비록 실제로 즐겨 본 적은 없지만 쉬는 시간도 많아졌다. 그러나 그들은 여러 가지 난관을 겪기도 했다. 예를 들어 그해 가을 곡식을 거둬들일 때는 농장에 탈곡기가 없었기 때문에 옛날 방식으로 발로 밟아 낟알을 벗기고 입으로 훅훅 불어 겨를 날려 보내야 했다. 그러나 돼지들은 현명함으로, 복서는 뛰어난 체력으로 언제나 일을 거뜬히 해냈다. 복서는 모든 동물로부터 칭찬을 받았다. 그는 존스 시대에도 부지런한 일꾼이었지만, 이제는 말 세 마리의 몫을 하는 것 같았다. 농장의 모든 일이 그의 굳센 어깨에 달려 있는 것처럼 보이는 날도 있었다. 그는 아침부터 저녁까지 가장 힘겨운 일을 도맡아 아침부터 밤까지 밀고 끌며 일했다. 그는 수탉 한 마리에게 부탁해 아침에 다른 동물들보다 30분 먼저 깨워 달라고 했고, 정규 작업이 시작되기 전에 가장 필요한 일이 무엇인지 찾아내 자발적으로 그 일을 했다. 문제나 곤란한 일에 부딪히면 그는 "내가 좀 더 일하면 돼!"라고 말했고, 그것을 자신의 좌우명으로 삼았다.

어쨌든 모두 자신의 능력에 따라 일했다. 예를 들면 암탉과 오리들은 수확 때 바닥에 떨어진 이삭을 주워서 수확량을 10말 정도 늘렸다. 아무도 훔치지 않았고, 아무도 배급량에 대해 불평하지 않았다. 옛날처럼 걸핏하면 싸우고 물어뜯고 질투하던 일이 거의 사라졌다. 아무도, 아니 사실은 극히 일부를 제외하고는 아무도 꾀를 부리지 않았다.

사실 몰리는 아침에 일찍 일어나지 않았고, 발굽에 돌이 끼었다는 핑계로 일찌감치 일을 끝내는 버릇이 있었다. 그리고 고양이의 행동도 약간 이상했다. 해야 할 일이 있을 때마다 고양이가 보이지 않는다는 사실이 곧 밝혀졌다. 몇 시간 동안 사라졌다가 식사 시간이나 일과가 끝나는 저녁때가 되면 아무 일도 없었다는 듯이 슬그머니 나타나곤 했다. 그러나 고양이는 늘 그럴듯한 변명을 댔고 다정하게 가르랑거렸기 때문에 다른 동물들은 그녀의 선의를 믿지 않을 수 없었다. 당나귀 벤자민 영감은 반란 후에도 예전이나 다를 바 없었다. 그는 존스 시대에 그랬던 것처럼 느릿하고 고집스럽게 일을 했는데, 꾀를 부리는 것도 아니었고 그렇다고 자진해서 일을 더 하려고 하지도 않았다. 반란과 그 결과에 대해서는 어떤 의견도 내놓지 않았다. 존스가 없어져서 더 행복하지 않느냐고 물으면 그는 "당나귀는 오래 살지. 너희들 중 아무도 죽은 당나귀는 본 적이 없을 거야."라고 대답할 뿐이었다. 다른 동물들은 그의 수수께끼 같은 대답에 만족해야 했다.

일요일에는 일이 없었다. 아침 식사는 평소보다 한 시간 늦었고, 식사 후에는 매주 거르지 않고 의식이 거행되었다. 먼저 깃발 게양식이 있었다. 스노볼이 존스 부인이 쓰던 낡은 초록색 식탁보를 찾아내 거기에 흰색으로 발굽과 뿔을 그렸다. 매주 일요일 아침에 이 깃발이 농장 저택의 마당에 있는 깃대에 게양되었다. 스노볼의 설명에 따르면 초록색 깃발은 영국의 푸른 들판을 상징하고, 말굽과 뿔은 인류가 추방되고 새롭게 세워질 미래의 동물 공화국을 뜻했다. 게양식이 끝나면 모든 동물은 '집회'라고 부르는 총회에 참석하기 위해 큰 헛간으로 몰려갔다. 이 집회에서 다음 주 작업 계획이 세워지고 결의안이 제출되고 토론이 진행되었다. 결의안을 제출하는 것은 언제나 돼지들이었다. 다른 동물들은 표결 방법은 알고 있었지만 스스로 결의안을 내놓지는 못했다. 스노볼과 나폴레옹이 토론에 가장 적극적으로 참여했다. 그러나 둘은 의견이 일치하는 경우가 없었다. 둘 중 하나가 의견을 내놓으면, 다른 하나는 늘 그 의견에 반대했다. 심지어 과수원 뒤의 작은 풀밭을 동물들이 일한 후 쉴 수 있는 휴식 공간으로 남겨두자는 결의안이 채택되었을 때에도, 이 결의안 자체에 대해서는 누구도 반대하지 않았지만, 각 동물의 적정 은퇴 나이를 둘러싸고 격렬한 토론이 벌어졌다. 집회는 늘 〈영국의 동물들〉을 노래하는 것으로 마무리되었고, 오후는 오락 시간이었다.

돼지들은 마구간을 자신들의 본부로 정했다. 그들은 저녁에 이곳에 모여 농장 저택에서 가져온 책을 통해 대장간 일과 목공 일 등 여러 가지 생활에 필요한 기술을 연구했다. 스노볼은 또한 다른 동물들을 모아 소위 '동물 위원회'를 조직하느라 분주했다. 그는 지칠 줄 모르고 이 일에 매진했다. 그는 암탉들에게는 '달걀 생산 위원회', 암소들에게는 '꼬리 청결 연맹', '야생 동물 재교육 위원회'(이 조직의 목적은 들쥐와 토끼를 길들이는 데 있었다)를, 양들에게는 '순백모 생산 운동'을 만들어 주는 등 다양한 조직을 결성했고, 그 외에도 읽기와 쓰기를 배우는 학급을 만들었다. 이러한 시도는 대부분 실패로 돌아갔다. 예를 들어 야생 동물들을 길들이려는 시도는 시작하자마자 실패했다. 그들은 전과 다름없이 행동했으며, 관대하게 대하면 그것을 이용하려고 할 뿐이었다. 고양이는 '재교육 위원회'에 가입한 뒤 며칠간 열심히 활약했다. 하루는 지붕에 앉아 닿지 않을 만큼 떨어져 있는 참새들에게 말을 걸고 있는 고양이의 모습이 목격되었다. 고양이는 이제 모든 동물이 서로 동지이니 원하는 참새는 자기 발등에 앉아도 좋다고 말했지만, 참새들은 다가가지 않았다.

그러나 읽기와 쓰기 학급은 대성공을 거두었다. 가을이 되자 농장의 거의 모든 동물이 어느 정도 읽고 쓸 수 있게 되었다.

돼지들은 이미 완벽하게 읽고 쓸 수 있었다. 개들은 읽는 법을 꽤 잘 배웠지만 일곱 계명 외에 다른 것을 읽는 데는 흥미를 느끼지 못했다. 염소 뮤리엘은 개들보다 더 잘 읽었는데, 가끔 저녁에 쓰레기더미에서 주워온 신문지 조각에 있는 글을 다른 동물들에게 읽어주기도 했다. 당나귀 벤자민은 돼지들만큼 잘 읽을 수 있었지만, 자신의 실력을 한 번도 드러내지 않았다. 그는 자기가 보기에 읽을 만한 가치가 있는 것이 하나도 없다고 말했다. 클로버는 알파벳을 전부 암기했지만, 단어를 연결할 줄 몰랐다. 복서는 알파벳 D까지만 알고 있었다. 그는 큰 발굽으로 땅에 A, B, C, D를 쓰고는 두 귀를 뒤로 늘어뜨리고 때로는 앞머리를 흔들면서 글자를 노려보았고 다음 글자를 기억해내려고 애썼지만, 결코 성공하지 못했다. 사실 그는 여러 번이나 E, F, G, H를 배웠지만, 그것을 익혔을 때는 이미 A, B, C, D를 잊어버리곤 했다. 마침내 그는 첫 네 글자로 만족하기로 했고, 기억을 되살리기 위해 하루에 두 번 그 글자들을 써보곤 했다. 몰리는 자신의 이름 여섯 글자 외에는 어떤 것도 배우려고 하지 않았다. 그녀는 작은 나뭇가지로 예쁘게 자기 이름을 맞춰놓은 후, 꽃 한두 송이로 장식을 하고 그 주변을 빙빙 돌며 스스로 감탄하곤 했다.

그 밖의 다른 동물들은 A 이상 배우지 못했다. 뿐만 아니라 양이나 암탉, 오리 같은 좀 더 우둔한 동물들은 일곱 계명마저도 외우지 못하고 있다는 사실이 밝혀졌다. 오랜 고심 끝에 스노볼은 일곱 계명을 이른바 '네 다리는 좋고 두 다리는 나쁘다'는 격언한 구절로 요약할 수 있다고 선언했다. 그는 이 격언에 동물주의의 기본 원리가 들어 있다고 설명했다. 이 원리만 충분히 이해하면 인간의 영향을 받지 않게 될 것이라고 했다. 이에 대해 새들은 자기들도 다리가 둘이라는 생각이 들었기 때문에 처음에는 반대했다. 그러나 스노볼은 그렇지 않다는 것을 증명했다.

"동지 여러분, 새의 날개는 조작 기관이 아니라 앞으로 나아가기 위한 추진 기관입니다. 따라서 그것은 다리로 보아야 할 것입니다. 인간의 특징은 '손'인데, 이 손이야말로 온갖 못된 짓을 하는 도구입니다."

새들은 스노볼의 장황한 설명을 이해하지 못했지만, 그의 말을 받아들였다. 우둔한 동물들은 이 새로운 격언을 열심히 외우기 시작했다. '네 다리는 좋고 두 다리는 나쁘다'라는 글귀는 헛간의 한쪽 벽면에 적힌 일곱 계명 위에 좀 더 크게 쓰여졌다. 양들은 이 격언을 완전히 외우자 그것이 무척 마음에 들었는지 들판에 누워 있을 때 종종 '네 다리는 좋고 두 다리는 나쁘다! 네 다리는 좋고 두 다리는 나쁘다!'라고 몇 시간이고 지치지 않고 외쳐대곤 했다.

나폴레옹은 스노볼이 조직한 위원회에 전혀 관심이 없었다. 그는 이미 다 자란 동물들을 교육하는 것보다 젊은 세대를 교육하는 것이 더 중요하다고 말했다. 제시와 블루벨은 건초용 풀을 수확한 직후에 아홉 마리의 건강한 강아지를 낳았다. 이 강아지들이 젖을 떼자마자 나폴레옹은 그들의 교육은 자기가 책임지겠다고 말하며 강아지들을 어미로부터 멀리 데려갔다. 그가 강아지들을 마구간에서 사다리를 놓아야 올라갈 수 있는 다락방 위에 데려가 격리해버리는 바람에 다른 동물들은 곧 이 강아지들의 존재에 대해 까맣게 잊어버렸다.

사라졌던 우유의 행방은 곧 밝혀졌다. 그것은 돼지들이 매일 먹는 죽에 들어갔다. 여름이 되자 점점 사과가 익어가고 있었고, 과수원 풀밭에는 바람에 떨어진 낙과(落果)들이 여기저기 흩어져 있었다. 동물들은 이 과일이 당연히 모두에게 공평하게 나누어질 것이라 믿었다. 그런데 어느 날, 바람에 떨어진 사과는 돼지들이 먹을 것이니 마구간으로 가져오라는 명령이 떨어졌다. 이에 대해 몇몇 동물들이 투덜거렸지만 아무 소용이 없었다. 돼지들은 모두 이 의견에 찬성했고, 스노볼과 나폴레옹도 마찬가지였다. 다른 동물들에게 그 사실을 설명하기 위해 스퀼러가 파견되었다.

"동지 여러분!" 그가 소리쳤다. "우리 돼지들이 이기심과 특권 의식에서 이런 일을 했다고는 생각하지 않겠지요? 사실 우리 중 상당수는 우유와 사과를 좋아하지 않습니다. 나 자신도 그렇습니다. 우리가 그런 것들을 먹는 목적은 단 하나, 바로 건강을 유지하기 위해서입니다. 우유와 사과에는 (동지 여러분, 이것은 과학적으로 증명된 것입니다) 돼지의 건강을 위해 절대적으로 필요한 영양소가 함유되어 있습니다. 우리 돼지들은 머리를 쓰는 일꾼들입니다. 이 농장의 경영과 조직이 우리 돼지들에게 달려 있습니다. 우리는 밤낮으로 여러분의 복지를 위해 노력하고 있습니다. 여러분을 위해서 우리는 이 우유와 사과를 먹는 것입니다. 우리 돼지들이 임무를 다하지 못하면 어떤 일이 벌어질지 여러분은 알고 있습니까? 존스가 돌아올 것입니다! 그렇습니다, 그가 돌아올 것입니다! 동지 여러분, 그것은 분명합니다." 스퀼러는 이리저리 뛰며 꼬리를 흔들어대면서 호소하듯이 외쳤다. "여러분 중 존스가 돌아오기를 바라는 분은 아무도 없겠지요?"

동물들이 절대적으로 확신할 수 있는 것이 한 가지 있다면 그것은 바로 존스가 돌아오는 것을 아무도 원하지 않는다는 점이었다. 스퀼러가 이런 점을 콕 집어 설명하자 그들은 더 할 말이 없었다. 돼지들의 건강을 유지하는 것이 얼마나 중요한지 명백해졌다. 그리하여 우유와 바람에 떨어진 사과는 물론 다 익어서 수확한 사과까지 돼지들의 몫으로 남겨둬야 한다는 점에 대해 더 이상의 이견이 없었다.

ANIMAL
FARM

04

그해 여름이 끝나갈 무렵 동물농장에서 일어난 사건에 대한 소식이 영국 전역으로 퍼져 나갔다. 스노볼과 나폴레옹은 매일 비둘기들을 날려 보냈는데, 그들이 맡은 임무는 이웃 농장에 사는 동물들과 어울리며 반란에 대한 이야기를 들려주고 〈영국의 동물들〉이라는 노래를 가르쳐 주는 것이었다.

이 무렵 존스 씨는 대부분의 시간을 윌링던에 있는 레드 라이언 술집에 앉아 보내면서, 자신의 이야기를 들어주는 사람이면 아무나 붙잡고 하찮은 동물들이 주인인 자신을 농장에서 쫓아낸 억울함에 대해 토로했다. 다른 농장주들은 겉으로는 그에게 동조했지만, 당장 그에게 실질적인 도움을 주지 않았다. 각자 속으로는 존스의 불행을 자기에게 유리하도록 이용할 방법이 없을까 궁리하고 있었다. 동물농장과 인접한 두 농장의 주인들이 늘 앙숙이었던 것이 다행이었다. 그중 폭스우드라는 한 농장은 넓지만 관리가 제대로 되어 있지 않은 구식 농장이었다. 나무가 무성하고 목초지는 황폐하고 울타리는 보기 흉할 정도로 엉망이었다. 이곳의 주인 필킹턴 씨는 철마다 낚시를 하거나 사냥을 하며 세월을 보내는 낙천적인 신사였다. 핀치필드라는 다른 농장은 크기는 좀더 작았지만, 관리가 훨씬 잘 되어 있었다. 그 농장의 주인 프레더릭 씨는 거칠고 빈틈없는 사람으로 1년 내내 소송사건에 연루되어 있었고 모든 거래를 자신에게 유리한 방향으로 이끌기로 악명 높았다. 이 두 사람은 몹시 사이가 나빠서 어떤 일에도 합의를 보지 못했고, 심지어 자신들의 이익을 위한 일조차도 서로 의견 일치를 보지 못했다.

그렇지만 두 사람은 동물농장의 반란 소식을 듣고 몹시 겁을 먹었고, 자기 농장의 동물들이 그 소식에 대해 자세히 알게 되는 것을 막기 위해 전전긍긍했다. 처음에 그들은 동물들이 스스로 농장을 경영한다는 소식에 콧방귀를 뀌었다. 보름 정도 지나면 모든 게 깨끗하게 정리될 것이라고 말했다. 그들은 장원농장에 있는 동물들이 (그들은 '동물농장'이라는 이름을 받아들일 수 없어서 계속 '장원농장'이라는 이름을 고집했다) 끝없이 서로 싸우다가 결국 굶어 죽고 있다는 소문을 퍼뜨렸다. 그러나 시간이 지나도 동물들이 굶어 죽지 않자, 프레더릭과 필킹턴은 태도를 바꾸어 동물농장에서 잔혹한 가학 행위가 벌어지고 있다고 떠들기 시작했다. 그곳의 동물들이 서로를 잡아먹고 시뻘겋게 달궈진 편자로 서로를 고문하는가 하면, 암놈들을 공유한다고 말했다. 프레더릭과 필킹턴은 이것이 자연의 법칙을 거스른 대가라고 덧붙였다.

그러나 동물들은 이런 이야기들을 곧이곧대로 믿지 않았다. 동물들이 인간들을 내쫓고 스스로 경영한다는 멋진 농장에 대한 소문은 모호하면서도 조금은 왜곡된 것 같았지만 꼬리에 꼬리를 물고 계속 퍼져 나갔고, 그해 내내 반란의 물결이 나라 구석구석에 퍼져 나갔다. 늘 유순하기만 하던 황소들이 갑자기 사나워졌고, 양들은 울타리를 넘어뜨리고 토끼풀을 먹어치웠다. 암소들은 물통을 차버렸고 사냥용 말들은 울타리를 뛰어넘는 것을 거부하고 타고 있는 사람들을 울타리 너머로 내동댕이쳤다. 무엇보다〈영국의 동물들〉이라는 노래의 곡조와 가사가 널리 알려지게 되었다. 그 노래는 놀라운 속도로 퍼져 나갔다. 인간들은 그 노래를 듣고 비웃는 척을 했지만, 속으로는 끓어오르는 분노를 금할 수 없었다. 그들은 아무리 동물들이라고 해도 어떻게 이처럼 경멸스럽고 쓰레기 같은 노래를 부를 수 있는지 이해할 수 없다고 말했다. 그 노래를 부르는 동물은 누구나 그 자리에서 채찍질을 당했다. 그러나 그 노래를 막는 것은 불가능했다. 지빠귀들이 산울타리에서 그 노래를 지저귀고, 비둘기들은 느릅나무 숲에서 구구거리며 그 노래를 불렀다. 대장장이의 시끄러운 망치질과 교회 종소리에도 그 노랫소리가 스며들었다. 인간들은 그 노래를 듣고 앞으로 다가올 자신들의 운명에 대한 예언을 듣는 것 같아 두려움에 몸서리쳤다.

옥수수가 베어져 쌓여 있고 일부는 이미 타작을 마친 10월 초순의 어느 날, 비둘기 떼가 하늘을 빙빙 돌더니 몹시 흥분한 모습으로 동물농장 안마당에 내려앉았다. 그들의 말에 따르면 존스와 그의 일꾼들이 지금 폭스우드와 핀치필드 농장에서 온 일꾼 대여섯 명과 함께 빗장 다섯 개가 달린 출입문 안으로 들어와 농장으로 통하는 마차길을 올라오고 있다는 것이었다. 그들은 모두 손에 몽둥이를 들고 있고, 앞장선 존스는 두 손에 총을 들고 있었다. 그들은 농장을 탈환하기 위해 오고 있는 것이 분명했다.

이런 일은 오래전부터 예상된 일이었기 때문에 동물들은 만반의 준비를 하고 있었다. 농장 저택에서 율리우스 카이사르의 전투에 대한 오래된 책을 발견하고 그것을 연구해온 스노볼은 방어 작전의 총지휘를 맡았다. 그는 빠르게 명령을 내렸고, 몇 분 후에 모든 동물이 각자의 위치에 배치되었다.

인간들이 농장 건물로 다가오자 스노볼은 첫 공격을 개시했다. 서른다섯 마리의 비둘기들이 이리저리 인간들의 머리 위로 날아올라 공중에서 똥 폭탄을 퍼부었다. 인간들이 비둘기들의 흔적을 털어내는 사이에 울타리 뒤에 숨어 있던 거위들이 돌진하여 그들의 종아리를 매섭게 쪼아댔다. 그러나 이것은 약간의 혼란을 일으키기 위한 가벼운 전초전에 불과했다. 인간들은 몽둥이로 거위들을 가볍게 쫓아냈다. 스노볼은 이제 두 번째 공격을 개시했다. 스노볼이 앞장서고 뮤리엘, 벤자민, 양들이 일제히 돌진해 사방에서 인간들을 뿔로 찌르고 머리로 들이받았다. 한편 벤자민은 뒤로 돌아 그의 작은 발굽으로 인간들을 걷어찼다. 그러나 몽둥이를 들고 징 박힌 장화로 무장한 인간들은 동물들이 상대하기에는 너무 강했다. 스노볼이 갑자기 소리를 꽥 질러 후퇴 신호를 보내자 동물들은 일제히 돌아서서 문을 통해 마당으로 도망쳤다.

인간들은 승리의 함성을 질렀다. 그들은 동물들이 도망치는 것을 보고 무질서하게 뒤를 쫓아왔다. 바로 이것이 스노볼이 의도한 작전이었다. 그들이 마당 한가운데 도착하자마자 외양간에 숨어 있던 말 세 마리와 암소 세 마리, 그리고 나머지 돼지들이 갑자기 위에서 나타나 길목을 차단했다. 스노볼이 공격 신호를 보냈다. 그 자신은 존스를 향해 돌진했다. 존스는 달려드는 스노볼을 보고 총을 들어 발사했다. 스노볼의 등에 탄환이 스치며 핏자국을 남겼고 양 한 마리가 쓰러져 죽었다. 스노볼은 멈추지 않고 1백 킬로그램에 달하는 몸을 존스의 두 다리에 내던졌다. 존스는 거름 더미 위로 떨어지면서 총을 놓쳤다. 그러나 가장 무시무시한 장면의 주인공은 복서였다. 그는 종마(種馬)처럼 뒷발을 딛고 우뚝 일어서서 징 박힌 커다란 발굽으로 공격을 가했다. 그가 폭스우드 농장에서 온 마부의 머리에 일격을 가하자마자 그는 진흙 바닥 위에 죽은 듯이 쭉 뻗어버리고 말았다. 그 모습을 본 몇

몇 인간들은 몽둥이를 버리고 도망치려고 했다. 그들은 겁에 질려 우왕좌왕했고, 그 순간 동물들은 모두 마당을 빙글빙글 돌며 인간들을 쫓아다녔다. 인간들은 피를 흘리고 뿔에 받히고 물어뜯기고 짓밟혔다. 농장의 동물들은 너나 할 것 없이 나름의 방식으로 인간들에게 복수했다. 심지어 지붕 위에 있던 고양이도 갑자기 소몰이꾼의 어깨 위로 뛰어내려 발톱으로 목을 할퀴었고, 그는 끔찍한 비명을 질렀다. 도망갈 틈이 보이자 인간들은 마당에서 뛰쳐나갔고 큰길을 향해 줄행랑을 쳤다. 이리하여 침입한 지 5분도 채 되지 않아 인간들은 거위 떼에게 종아리를 물어뜯기며 처음 왔던 길로 치욕스러운 후퇴를 해야 했다.

인간들은 한 명을 제외하고 모두 도망가 버렸다. 마당에 돌아와 보니 복서가 발굽으로 진흙 속에 얼굴을 파묻고 엎드려 있는 마부를 흔들며 뒤집으려고 애쓰고 있었다. 그 소년은 꼼짝도 하지 않았다.

"그는 죽었어요." 복서가 슬픈 듯이 말했다. "그럴 생각은 전혀 없었어요. 내 발에 쇠로 만든 징이 박혀 있었다는 걸 깜박 잊고 있었어요. 일부러 그렇게 한 게 아니라는 걸 누가 믿어주겠어요?"

"감상에 젖어서는 안 됩니다, 동지!" 등에 생긴 상처에서 여전히 피를 뚝뚝 흘리며 스노볼이 외쳤다. "전쟁은 어디까지나 전쟁입니다. 이 세상에서 선량한 인간이란 죽은 자뿐이라는 사실을 벌써 잊었단 말입니까."

"난 목숨을 빼앗고 싶지 않아요, 인간이라도 말이에요." 복서는 눈물이 가득 고인 눈으로 말했다.

"몰리는 어디 있습니까?" 누군가 외쳤다.

정말 몰리의 모습이 보이지 않았다. 잠시 동물들 사이에 큰 동요가 일었다. 인간들이 그녀를 어떤 식으로든 해쳤거나 끌고 가 버렸을지도 모른다고 걱정했다. 그러나 그녀는 외양간 안에서 건초더미 속에 있는 여물통에 머리를 처박고 숨어 있었다. 그녀는 총소리를 듣자마자 도망을 쳤던 것이었다. 몰리를 찾아낸 동물들이 마당으로 돌아와 보니 잠시 기절했던 마부 소년이 정신을 차리고 재빨리 달아나버리고 없었다.

동물들은 이제 광적인 흥분에 휩싸여 저마다 이번 전쟁에서 자신들이 세운 무공을 큰 소리로 떠들어댔다. 곧바로 승전을 축하하는 즉석 파티가 열렸다. 깃발을 게양하고 〈영국의 동물들〉을 몇 차례 부르고 난 후에 전사한 양의 장례식을 엄숙히 치르고 그녀의 무덤에 산사나무 한 그루를 심었다. 무덤 옆에서 스노볼이 짧은 연설을 통해 모든 동물이 동물농장을 위해 목숨을 바칠 각오를 해야 한다고 강조했다.

동물들은 만장일치로 전공훈장(戰功勳章)을 제정하기로 결의하고, 바로 그 자리에서 스노볼과 복서에게 '제1급 동물영웅' 훈장을 수여했다. 그것은 놋쇠로 만든 메달(사실 이것은 마구실에서 찾아낸 낡은 마구 장식품이었다)로, 일요일과 휴일에 착용하도록 했다. 또한 '제2급 동물영웅' 훈장도 제정되었는데, 이는 전사한 양에게 추서(追敍)되었다.

이번 전투를 무엇이라고 부를 것인가에 대해 열띤 토론이 벌어졌다. 결국은 매복병이 일제히 뛰어나온 곳의 이름을 따서 '외양간 전투'라고 부르기로 했다. 존스 씨의 총은 진흙 속에서 발견되었고, 농장 저택 안에서 남아 있는 탄알이 발견되었다. 그 총을 깃대 밑에 대포처럼 설치해두고 1년에 두 차례, 즉 '외양간 전투' 기념일인 10월 12일에 한 번, 반란 기념일인 6월 24일에 한 번 발포하기로 결정했다.

ANIMAL
FARM

05

겨울이 가까워지면서 몰리는 점점 골칫거리가 되어갔다. 그녀는 아침마다 일터에 지각했고 늦잠을 잤다고 변명했다. 또 식욕은 왕성했지만 늘 몸이 어딘가 아프다고 투덜댔다. 온갖 핑계를 대며 일하다 말고 살짝 빠져 나와 물웅덩이로 가서 물에 비친 자신의 모습을 멍청하게 바라보곤 했다. 그러나 그것보다 더 심각한 소문이 돌았다. 어느 날 몰리가 건초를 씹으며 긴 꼬리를 흔들면서 마당으로 유유히 걸어 들어오자 클로버가 그녀를 한쪽으로 데려갔다.

"몰리, 너한테 긴히 할 말이 있어." 클로버가 말했다. "오늘 아침에 네가 동물농장과 폭스우드 농장 경계에 있는 울타리 너머를 바라보고 있는 걸 봤어. 필킹턴 씨의 일꾼 하나가 저쪽에 서 있던데. 멀리 떨어져 있었지만 난 분명히 봤어. 그가 너한테 말을 걸고 있었고, 넌 그가 콧등을 쓰다듬는데도 가만히 있었어. 몰리, 대체 어떻게 된 거야?"

"그런 일 없었어! 난 그렇게 하지 않았어! 그건 사실이 아니야!" 몰리는 길길이 날뛰며 앞발로 땅바닥을 긁기 시작했다.

"몰리! 내 얼굴을 똑바로 봐. 그 남자가 네 콧등을 쓰다듬지 않았다고 맹세할 수 있어?"

"사실이 아니야!" 몰리는 재차 말했지만, 클로버를 똑바로 바라보지 못한 채 들판으로 도망치듯 달려가 버렸다.

클로버는 문득 짚이는 것이 있었다. 그녀는 아무에게도 말하지 않고 몰리의 외양간으로 들어가 발로 짚더미를 헤집어 보았다. 짚더미 밑에는 작은 각설탕 더미와 여러 가지 색깔의 리본 다발이 몇 개 숨겨져 있었다.

사흘 후 몰리가 자취를 감추었다. 몇 주 동안 그녀의 행방이 묘연했다. 그러나 얼마 후 비둘기들이 그녀를 윌링던 반대쪽에서 봤다고 보고했다. 그녀는 어떤 술집 앞에 세워져 있는 빨강과 검정으로 칠해진 멋진 이륜마차의 굴대 사이에 서 있었다. 체크무늬 반바지에 각반을 차고 있는 뚱뚱하고 얼굴이 불그스름한, 술집 주인처럼 보이는 한 남자가 그녀의 콧등을 어루만지며 설탕을 먹여주고 있었다고 했다. 그녀의 털은 새로 다듬어져 있었으며 앞머리에 빨간 리본을 달고 있었다고 했다. 비둘기들은 몰리가 무척 즐거워 보였다고 했다. 그 뒤로 동물들은 아무도 몰리에 대해 이야기하지 않았다.

1월이 되자 날씨가 혹독하게 추워졌다. 땅은 쇳덩이처럼 딱딱하게 얼어붙었고 들판에서는 아무런 일도 할 수 없었다. 큰 헛간에서 회의가 여러 차례 열렸는데, 돼지들은 다가오는 봄에 할 일을 계획하느라 몹시 바빴다. 비록 농장의 모든 결정은 다수결에 의한 투표를 거쳐야 했지만, 다른 동물들보다 영리한 돼지들이 농장 정책을 수립해야 한다는 점에 누구도 이의를 달 수 없었다.

스노볼과 나폴레옹 사이에 불화만 없었더라면 돼지들이 수립한 농장 정책은 순조롭게 시행되었을 것이었다. 하지만 그들 둘은 사사건건 의견이 충돌했다. 둘 중 하나가 보리 씨앗을 더 많이 뿌리자고 주장하면, 다른 하나는 이 땅에는 귀리가 알맞다고 주장했다. 한쪽이 이러이러한 밭에는 배추를 심는 것이 적당하다고 말하면 다른 한쪽은 근채류 외에 다른 걸 심어봐야 아무 쓸모가 없다고 말했다. 이들은 각자 추종자들이 있었고, 때로 격렬한 논쟁을 벌였다. 회의에서는 스노볼이 뛰어난 연설로 많은 지지자를 얻었지만, 나폴레옹은 비공식적으로 지지표를 모으는 데 능숙했다. 나폴레옹은 특히 양들의 지지를 얻어냈다. 이 무렵 양들은 '네 다리는 좋고 두 다리는 나쁘다'라는 구호를 계속 외쳐댔고, 그 때문에 회의가 종종 중단되기도 했다. 이들은 특히 스노볼의 연설이 중요한 순간에 이르면 '네 다리는 좋고 두 다리는 나쁘다'를 외치는 경향이 있었다.

스노볼은 농장 저택에서 발견한 〈농부와 목축업자〉라는 낡은 잡지 몇 권을 놓고 자세히 연구한 끝에 여러 가지 개혁안과 개선안을 세우게 되었다. 그는 농장 개수로, 사료 저장법, 인산석회에 대해 전문가처럼 설명했고, 운반하는 노동력을 절약하기 위해 모든 동물이 매일 들판에서 장소를 바꾸어 가며 똥을 누어야 한다는 복잡한 계획을 세웠다. 나폴레옹은 자신의 계획을 한 번도 제안하지 않았지만, 스노볼의 계획이 실패할 것이라고 조용히 말하며 기회를 노리고 있는 것처럼 보였다. 그러나 그들이 벌인 논쟁 중에 가장 격렬했던 것은 풍차를 둘러싸고 벌어진 논쟁이었다.

농장 건물에서 그리 멀지 않은 기다란 목초지에 작은 언덕이 하나 있었는데, 이곳이 농장에서 가장 높은 곳이었다. 스노볼은 지형을 조사한 후 그곳이 풍차를 건설하기에 가장 적당한 장소이며, 풍차를 세우면 발전기를 돌려 농장에 전기를 공급할 수 있다고 선언했다. 그렇게 하면 축사에 불을 켜고 겨울에는 난방을 할 수 있으며, 원형 톱, 작두, 사료 절단기, 전기 착유기도 사용할 수 있다고 말했다. 동물들은 지금껏 이런 것들에 대해 들어본 적이 없었기 때문에 (이 농장은 구식이었기 때문에 원시적인 기계들밖에 없었다) 자기들이 목장에서 한가롭게 풀을 뜯거나 책을 읽거나 즐거운 대화를 하며 교양을 쌓는 동안 자신들의 일을 대신해 준다는 환상적인 기계들에 대해 스노볼이 그림을 그리며 설명을 하자 그저 놀라운 표정으로 귀를 기울였다.

몇 주일이 지나지 않아 스노볼의 풍차 건설계획이 완성되었다. 기계에 대한 세부적인 내용은 주로 존스 씨의 장서였던 세 권의 책, 〈주택에 관한 천 가지 유용한 방법〉, 〈누구나 집을 지을 수 있다〉, 〈전기학 입문〉을 참고했다. 스노볼은 한때 인공 부화실로 사용되던 헛간을 자신의 서재로 삼았다. 이곳에는 설계도면을 그리기에 적절한 매끄러운 마루가 깔려 있었다. 그는 그곳에 한 번 들어가면 몇 시간씩 틀어박혀 있었다. 그는 책을 펼쳐 돌로 눌러 놓고 분필을 앞발 발가락 마디 사이에 끼우고 이쪽저쪽으로 빠르게 움직이며 선을 그었다. 그러면서 흥분한 나머지 작은 소리를 내며 킁킁거리기도 했다. 설계도는 점차 무수히 많은 크랭크와 톱니바퀴로 복잡하게 얽혀가면서 마룻바닥의 반 이상을 차지하게 되었다. 다른 동물들은 그것을 봐도 전혀 이해할 수 없었지만, 어쨌든 크게 감동했다. 모든 동물이 적어도 하루에 한 번씩은 스노볼의 설계도를 구경하러 찾아왔다. 암탉과 오리들까지 와서 분필로 그어놓은 선을 밟지 않으려고 애를 쓰며 그것을 보고 갔다. 오직 나폴레옹만이 그 설계도에 대해 냉담한 반응을 보였다. 그는 처음부터 풍차 건설에 반대했다. 그러나 어느 날 그는 아무 예고 없이 설계도를 검토하러 찾아왔다. 그는 축사를 천천히 돌며 설계도의 모든 세부사항을 자세히 살펴보고 한두 번 킁킁거리며 냄새를 맡았다. 그런 뒤 잠시 곁눈질로 설계도를 노려보더니 갑자기 다리를 들고 설계도 위에 오줌을 갈기고는 한마디 말도 없이 나가 버렸다.

농장은 풍차 건설 문제를 둘러싸고 두 파로 완전히 갈라졌다. 스노볼도 풍차 건설이 힘든 사업이라는 것을 부인하지는 않았다. 돌을 날라서 벽을 세운 다음 풍차의 날개를 만들어야 하고, 그런 뒤에는 발전기와 전선을 설치해야 했다. (스노볼은 이런 것들을 어떻게 구할 것인지에 대해서는 한마디도 하지 않았다) 그러나 그는 이 모든 것을 1년 안에 완성할 수 있다고 주장했다. 풍차가 완성되면 노동력을 절약할 수 있어서 동물들은 일주일에 사흘만 일하면 된다고 선언했다. 반면 나폴레옹은 현재 가장 시급한 문제는 식량 생산량을 늘리는 것이며, 풍차 때문에 시간을 허비한다면 모두 굶어 죽을 것이라고 주장했다. 동물들은 마침내 '스노볼과 주 3일제 근무에 한 표를!', '나폴레옹과 가득 찬 여물통에 한 표를!'이라는 구호 아래 두 파로 나뉘었다. 어느 쪽에도 가담하지 않은 것은 벤자민뿐이었다. 그는 식량이 더 풍족해진다거나 풍차가 노동력을 덜어준다는 말을 믿지 않았다. 그는 풍차를 세우든 말든 삶은 늘 예전과 마찬가지로 고될 것이라고 말했다.

풍차에 대한 논쟁 외에도 농장 방위에 대해 또 다른 논쟁이 벌어졌다. 비록 인간들이 외양간 전투에서는 패했지만, 농장을 되찾고 존스 씨를 다시 주인으로 앉히기 위해 더 확실한 계획을 세워 공격해 올 것이라는 점은 누구나 충분히 예측할 수 있었다. 인간들이 패배했다는 소식이 전국에 퍼져나갔고, 이웃 농장들의 동물들이 전보다 다루기 더 힘들어졌기 때문에 인간들이 이런 계획을 세우는 것은 당연했다. 평소와 마찬가지로 스노볼과 나폴레옹은 의견이 엇갈렸다. 나폴레옹에 따르면 동물들이 해야 할 일은 총기를 입수하여 사용법을 익히는 훈련을 하는 것이었다. 한편 스노볼의 주장에 따르면 비둘기를 다른 농장으로 더 많이 파견하여 그곳의 동물들을 부추겨 반란을 선동해야 한다는 것이었다. 한쪽은 만약 동물들이 스스로 방어하지 못하면 다시 정복당하고 말 것이라고 주장했고, 다른 쪽은 사방에서 반란이 일어나면 스스로 방어할 필요가 없게 될 것이라고 주장했다. 동물들은 처음에는 나폴레옹의 말에 귀를 기울이다가 다음에는 스노볼의 주장에 솔깃해졌고, 어느 쪽이 옳은지 쉽사리 결정할 수가 없었다. 사실 그들은 당장 눈앞에서 열변을 토하고 있는 쪽의 의견에 동의했다.

마침내 스노볼의 설계도가 완성되었다. 그다음 일요일에 열린 회의에서 풍차 건설에 착수할 것인가 말 것인가에 대한 문제를 투표로 결정하기로 했다. 동물들이 큰 헛간에 모이자 스노볼은, 가끔 양들이 우는 소리에 약간 방해를 받긴 했지만, 일어서서 풍차를 세워야 하는 이유를 설명했다. 그러자 나폴레옹이 자리에서 일어나 반박했다. 그는 조용한 어조로 풍차란 아무 소용이 없는 것이며 거기에 찬성표를 던져서는 안 된다고 말하고는 다시 자리에 앉았다. 그는 불과 30초 정도밖에 말하지 않았고, 자신의 연설이 어떤 영향을 미치는지에 대해 신경 쓰지 않는 것 같았다. 이때 스노볼이 벌떡 일어서서 소란스럽게 매매거리는 양들에게 조용히 하라고 큰소리로 외친 후 풍차 건설을 지지해달라고 열렬히 호소하기 시작했다. 그때까지 동물들의 의견은 거의 반반씩 나뉘어 있었으나, 스노볼의 열변이 순식간에 그들의 마음을 사로잡았다. 그는 무거운 짐이 동물들의 등에서 사라지게 될 농장의 미래

모습을 그림을 보여주듯 생생하게 묘사했다. 스노볼의 상상력은 이미 작두나 절단기 같은 기계의 범위를 훨씬 뛰어넘고 있었다. 전기가 공급되면 모든 축사에 불을 밝히고 냉온수와 난방이 제 공될 뿐만 아니라, 탈곡기, 쟁기, 써레, 땅 고르개, 수확기와 바인 더까지 작동시킬 수 있다고 말했다. 그가 연설을 마쳤을 때쯤에 는 표결의 결과가 어느 쪽으로 기울 것인지에 대해 의심의 여지 가 없었다. 그런데 바로 그때 나폴레옹이 벌떡 일어서서 특유의 곁눈질로 스노볼을 노려본 후 지금껏 한 번도 들어보지 못한 날 카로운 소리를 질렀다.

그 소리가 나자 밖에서 무시무시한 개 짖는 소리가 들리더니 놋쇠 장식이 달린 목걸이를 한 커다란 개 아홉 마리가 헛간으 로 뛰어들어 왔다. 그들은 곧장 스노볼에게 달려들었고, 스노볼 은 자리에서 재빨리 일어나 그를 덥석 물어뜯으려는 개들의 이빨 을 간신히 피해 달아났다. 그가 곧장 밖으로 달아나자 개들은 일 제히 그 뒤를 쫓았다. 동물들은 너무 놀라고 무서워서 할 말을 잊은 채 문 쪽으로 몰려가 그 모습을 지켜보았다. 스노볼은 큰길 로 이어지는 긴 목초지를 가로질러 달아났다. 그는 온 힘을 다해 돼지가 달릴 수 있는 최대의 속력으로 달렸지만, 개들이 바짝 따 라붙었다. 갑자기 그가 미끄러졌고, 이제 꼼짝없이 개들에게 잡 힐 것처럼 보였다. 그러나 그는 다시 재빨리 일어나 더 빠르게 달 리기 시작했고, 개들도 그 뒤를 다시 따라잡기 시작했다. 그중 한 마리가 스노볼의 꼬리를 물어뜯을 뻔했지만, 스노볼이 꼬리를 빼 내 가까스로 위기를 모면했다. 그는 죽을힘을 다해 뛰었고 겨우 몇 인치 차이로 울타리 구멍을 미끄러지듯 빠져나가 어디론가 자취를 감추었다.

겁에 질려 아무 말도 하지 못한 채 동물들은 슬금슬금 헛간으로 돌아왔다. 곧이어 개들도 뛰어 들어왔다. 처음에는 이 개들이 어디서 왔는지 아무도 몰랐지만, 의문은 곧 풀렸다. 이 개들은 나폴레옹이 어미한테서 떼어내 몰래 키워온 바로 그 강아지들이었다. 아직 완전히 자라지는 않았지만, 몸집이 크고 늑대처럼 사나웠다. 그들은 나폴레옹 곁에 붙어 서 있었다. 그들은 다른 개들이 존스 씨에게 했던 그대로 나폴레옹에게 꼬리를 흔들었다.

이제 나폴레옹은 개들을 거느리고 메이저 영감이 예전에 서서 연설을 하던 높은 연단으로 올라갔다. 그는 이제부터 일요일 아침 회의를 폐지하겠다고 발표했다. 그는 회의가 쓸데없는 시간 낭비라고 했다. 앞으로 농장 운영에 대한 모든 문제는 돼지들로 구성된 특별 위원회에서 결정할 것이며, 이는 자신이 직접 주재할 것이라고 했다. 그 회의는 비공개로 열리고 결정사항은 회의가 끝난 후 다른 동물들에게 전달될 것이라고 했다. 동물들은 여전히 일요일 아침에 모여 깃발에 경례하고 〈영국의 동물들〉을 제창하며 그 주에 할 일을 할당받겠지만, 토론은 완전히 폐지한다고 했다.

스노볼의 추방으로 큰 충격을 받은 동물들은 이 발표에 또다시 크게 당황했다. 반론할 만한 적당한 말이 떠올랐다면 몇몇 동물들은 항의했을 것이다. 복서마저도 막연한 불안감을 느꼈다. 그는 귀를 뒤로 젖히고 몇 번이나 앞머리를 흔들며 생각을 정리하려고 애썼지만 결국 아무 말도 하지 못했다. 몇몇 돼지들은 나름대로 똑 부러지게 자기 생각을 말했다. 앞줄에 앉아 있던 어린 식용 돼지 네 마리가 꽥꽥 소리 지르며 벌떡 일어서더니 반대 의견을 일제히 외치기 시작했다. 그러나 나폴레옹 주위에 앉아 있던 개들이 갑자기 위협적으로 으르렁거리자 돼지들은 입을 다물고 제자리에 앉아 버렸다. 때마침 양들이 '네 다리는 좋고 두 다리는 나쁘다'라는 구호를 거의 15분 동안 외쳐대는 바람에 토론할 기회가 완전히 없어져 버렸다.

그 후 스퀼러가 농장 안을 돌아다니며 다른 동물들에게 이 새로운 계획을 설명했다.

"동지 여러분!" 그가 외쳤다. "나폴레옹 동지가 희생을 무릅쓰고 중책을 맡게 된 것에 대해 여러분 모두 감사하게 생각할 것이라고 믿습니다. 동지 여러분, 지도자가 된다는 것이 즐거운 일이라고 생각하지 마십시오! 그것은 오히려 깊고 무거운 책임을 지게 되는 것입니다. 나폴레옹 동지만큼 모든 동물이 평등하다는 사실을 확신하고 있는 동물은 없을 것입니다. 그는 여러분이 스스로 올바른 결정을 내릴 것이라 믿고 있습니다. 그러나 동지 여러분, 만약 여러분이 잘못된 결정을 한다면 우리는 어떻게 될까요? 여러분이 만약 풍차라는 헛된 이야기에 속아서 스노볼을 따르기로 결정했다고 생각해 보십시오. 모두 알다시피 스노볼은 범죄자나 다름없지 않습니까?"

"그는 외양간 전투에서 용감하게 싸웠습니다." 누군가가 말했다.

"용감한 것만으로는 부족합니다." 스퀼러가 말했다. "충성과 복종이 더 중요합니다. 그리고 외양간 전투로 말하자면 스노볼의 역할이 지나치게 과장되었다는 사실을 깨닫게 되는 날이 올 것입니다. 동지 여러분, 규율! 철통같은 규율, 바로 그것이 오늘 우리의 구호입니다. 한 걸음이라도 발걸음을 잘못 옮기면 우리의 적들이 달려들 것입니다. 설마 존스가 되돌아오기를 바라지는 않겠지요?"

역시 이 말에는 아무도 반박할 수 없었다. 존스가 돌아오기를 바라는 동물은 분명 아무도 없었다. 만약 일요일 아침에 하는 토론을 계속하는 것이 존스를 복귀시키는 결과를 낳는다면 토론은 분명 중단해야 마땅했다. 그때까지 생각할 시간을 충분히 가진 복서가 말했다. "나폴레옹 동지가 그렇게 말한다면 그게 옳겠지요." 그리고 그는 그때부터 "내가 좀 더 일하면 돼"라는 개인적인 좌우명 말고도 "나폴레옹 동지는 언제나 옳다"라는 좌우명을 추가로 채택했다.

이 무렵에는 날씨가 바뀌어 봄 경작이 시작되었다. 스노볼이 풍차를 설계하던 창고는 폐쇄되었고, 마룻바닥에 그려진 설계도는 모두 지워졌을 것이라고 다들 생각했다. 매주 일요일 아침 10시에 동물들은 큰 헛간에 모여 그 주에 해야 할 일을 할당받았다. 이제 살점이 다 떨어져 나간 메이저 영감의 두개골은 과수원에서 파내어져 깃대 밑 그루터기 위에 총과 함께 안치됐다. 동물들은 깃발을 게양한 후 창고에 들어가기 전에 엄숙하게 두개골 앞을 행진하며 경의를 표해야 했다. 동물들은 예전처럼 함께 모여 앉지 않았다. 나폴레옹은 스퀼러, 그리고 노래와 시를 짓는 데 탁월한 재능이 있는 미니머스라는 돼지 한 마리와 함께 높은 연단 앞에 앉았다. 그 주위로 개 아홉 마리가 반원형으로 앉았으며, 그 뒤에는 또 다른 돼지들이 앉았다. 나머지 동물들은 헛간 중앙 바닥에서 그들을 마주 보고 앉았다. 나폴레옹이 거칠고 군인다운 말투로 그 주의 명령을 읽었고, 동물들은 〈영국의 동물들〉을 한 번 합창하고 해산했다.

스노볼이 추방된 지 세 번째 일요일, 나폴레옹이 결국 풍차를 건설할 것이라고 발표하자 동물들은 다소 놀랐다. 그는 마음을 바꾼 이유에 대해서는 입을 다문 채, 이 사업이 매우 힘들 것이며, 동물들에게 배급되는 식량을 줄여야 할 수도 있다고 경고했다. 그러나 그 계획은 매우 치밀하게 준비되어 있었다. 돼지들로 구성된 특별 위원회가 지난 3주 동안 이 계획에 몰두해온 것이다. 풍차 건설 사업은 다른 여러 가지 부대시설을 포함해 완성되기까지 2년 정도 걸릴 것으로 예상되었다.

그날 밤 스퀄러는 나폴레옹이 실제로 풍차 건설에 반대했던 것은 아니었다고 은밀하게 다른 동물들에게 털어놓았다. 오히려 풍차 건설을 맨 처음 주장했던 것이 나폴레옹이었고, 스노볼이 부화실 바닥에 그려 놓은 설계도도 실은 나폴레옹의 서류 속에서 훔쳐간 것이었으며, 풍차는 사실상 나폴레옹이 독창적으로 고안해낸 것이라고 했다. 그렇다면 나폴레옹은 대체 왜 그렇게 강력하게 반대했느냐고 누군가가 물었다. 그 순간 스퀄러는 아주 교활한 표정을 지으며, 바로 그것이 나폴레옹의 계략이었다고 말했다. 그가 풍차 건설에 반대하는 척한 것은 동물들에게 악영향을 미치고 있던 암적 존재인 스노볼을 제거하기 위한 작전에 불과했다는 것이다. 이제 스노볼이 없으니 그 계획은 그의 훼방을 받지 않고 순조롭게 진행될 것이라고 했다. 스퀄러는 그것이 이른바 고도의 전략이라고까지 말했다. 그는 주위를 빙빙 돌면서 즐겁게 웃고 꼬리를 흔들면서 몇 번이나 "전략입니다, 동지 여러분. 전략!"이라고 반복해서 말했다. 동물들은 그 말이 무슨 뜻인지 알 수 없었지만, 스퀼러가 워낙 설득력 있게 설명했고 그를 따라온 세 마리의 개가 위협적으로 으르렁댔기 때문에 더 이상 질문하지 않고 그의 설명을 그대로 받아들였다.

ANIMAL
FARM

06

그해 내내 동물들은 노예처럼 일했다. 그러나 그들은 일하면서도 행복했다. 자신들이 하는 모든 일이 자신들과 후손들을 위한 것이지 빈둥거리면서 착취만 하는 인간들을 위한 것이 아니라는 사실을 알고 있었기 때문에 자신들의 노력과 희생이 조금도 아깝지 않았다.

봄과 여름 내내 그들은 일주일에 60시간이나 일했다. 8월이 되자 나폴레옹은 앞으로 일요일 오후에도 일해야 한다고 발표했다. 이 일은 전적으로 자발적인 것이지만, 일하지 않는 동물에게는 식량 배급을 절반으로 줄일 것이라고 했다. 그렇게 일을 했음에도 불구하고 어떤 일은 끝내 마무리하지 못했다. 수확이 지난해보다 약간 줄어들었으며, 초여름에 근채류를 심었어야 할 밭 두 뙈기는 밭갈이가 늦어지는 바람에 파종을 하지 못했다. 그로 인해 다가올 그해 겨울이 고달프리라는 것이 불 보듯 뻔했다.

풍차 건설 공사는 뜻밖의 난관에 부딪혔다. 농장에는 훌륭한 석회암 채석장이 있었고, 모래와 시멘트가 창고에서 많이 발견되었기 때문에 건축 자재 수급에는 별다른 문제가 없었다. 그러나 동물들이 처음에 맞닥뜨린 문제는 돌을 어떻게 깨뜨려 적절한 크기로 다듬느냐 하는 것이었다. 그렇게 하려면 곡괭이와 지렛대를 사용해야 했는데, 동물들은 뒷다리로 설 수 없었기 때문에 그 도구들을 사용할 수 없었다. 몇 주 동안 헛수고를 거듭한 후에야 누군가가 그럴듯한 계획을 내놓았다. 지구의 중력을 이용하는 방법이었다. 현재 채석장 바닥에 흩어져 있는 돌들은 너무 커서 쓸모없으니 일단 그것을 높은 곳으로 올리자는 것이었다. 동물들은 그 돌을 밧줄로 묶은 후 암소, 말, 양을 비롯해 밧줄을 잡을 수 있는 모든 동물 – 결정적인 순간에는 돼지들까지 합세했다 – 을 동원해서 온 힘을 다해 느릿느릿 채석장 꼭대기의 비탈진 곳까지 끌어 올렸다. 그리고 그곳에서 돌을 아래로 다시 굴리면, 커다란 돌들이 채석장 바닥에 떨어지면서 산산조각 났다. 잘게 부서진 돌을 나르는 일은 비교적 쉬웠다. 말들은 그것을 수레에 실어 날랐고, 양들은 한 조각씩 날랐다. 심지어 뮤리엘과 벤자민도 낡은 이륜마차에 멍에를 메고 끌며 자기 몫을 다했다. 여름이 지나갈 무렵에는 충분한 석재가 모였고, 돼지들의 감독 아래 공사가 시작되었다.

그러나 공사는 힘들고 더뎠다. 돌덩어리 하나를 채석장 꼭대기까지 끌어올리는 일은 온 힘을 다 쏟아 부어도 꼬박 하루가 걸릴 때도 있었으며, 돌을 벼랑에서 밀어서 떨어뜨려도 제대로 깨지지 않을 때도 있었다. 복서가 없었다면 아무것도 해내지 못했을 것이다. 그의 힘은 나머지 동물들의 힘을 전부 합친 것과 맞먹는 것 같았다. 끌어올리던 돌덩이가 미끄러지기 시작해서 동물들이 언덕 밑으로 질질 끌려 내려가며 아우성을 칠 때, 밧줄을 끌어당겨 돌덩이가 미끄러지지 않도록 막아주는 동물은 항상 복서였다. 가쁜 숨을 몰아쉬며 발굽 끝으로 땅을 긁으며 우람한 옆구리를 땀으로 흠뻑 적신 채 한 발짝씩 언덕을 올라가는 그의 모습에 다른 동물들은 경탄을 아끼지 않았다. 때때로 클로버가 너무 무리하지 말라고 충고했지만, 복서는 막무가내였다. 그에게는 '내가 좀 더 열심히 일하면 돼'와 '나폴레옹 동지는 언제나 옳다'라는 두 좌우명이 모든 문제에 대한 답인 듯했다. 그는 수탉에게 매일 아침 30분이 아니라 45분 일찍 깨워달라고 부탁했다. 그리고 요즘에는 더 줄어든 쉬는 시간에도 혼자 채석장에 가서 깨진 돌을 한 무더기 모아 누구의 도움도 받지 않고 풍차 건설장까지 날랐다.

그해 여름 동안 고달프게 일했지만, 다행히도 동물들의 생활은 그다지 나쁘지 않았다. 존스 시대보다 식량이 풍족하지는 않았지만, 적어도 그보다 적지는 않았다. 다섯 명의 사치스러운 인간을 부양할 필요 없이 자신들의 생계만 책임지면 된다는 것이 큰 이점이 되었기에, 아무리 실패를 하더라도 충분히 보상되었다. 그리고 동물들이 일을 처리하는 방식은 인간들보다 훨씬 효율적이었기 때문에 노동력을 절약할 수 있었다. 예를 들어 제초 작업은 인간이라면 불가능했을 정도로 철저하게 시행되었다. 게다가 이제는 아무도 물건을 훔치지 않았기 때문에 목초지와 경작지 사이에 울타리를 막아둘 필요가 없어졌고, 그래서 울타리나 문을 유지하는 데 드는 막대한 노동력을 절감할 수 있었다. 그러나 여름이 지나면서 예상하지 못했던 여러 가지 물품 부족 현상이 일어나기 시작했다. 파라핀유(油), 못, 철사, 개 사료, 말발굽용 무쇠 등이 부족했지만, 그것 중 농장에서 제조할 수 있는 것이 하나도 없었다. 나중에는 여러 가지 도구를 비롯해 씨앗과 인공비료가 떨어졌다. 또한 풍차에 쓸 기계까지도 필요하게 되었다. 그러나 이런 것들을 어떻게 마련할 것인가에 대해서는 아무도 생각해 낼 수 없었다.

어느 일요일 아침, 동물들이 작업 지시를 받기 위해 모였을 때 나폴레옹은 새로운 정책을 결정했다고 발표했다. 앞으로 동물농장은 이웃 농장들과 거래를 할 것이며, 그것은 상업적 목적이 아니라 긴급하게 필요한 원자재를 확보하기 위해서라는 것이었다.

그는 풍차 건설을 위한 물자를 확보하는 것이 다른 것보다 우선시되어야 한다고 말했다. 따라서 목초와 올해 수확할 밀의 일부를 판매하기 위해 협상을 하고 있으며, 앞으로 더 많은 자금이 필요한 경우 달걀을 팔아 부족한 부분을 충당해야 할 것이라고 했다. 그는 암탉들이 풍차를 건설하는 데 특별히 공헌하기 위해서는 이러한 희생을 감수할 수 있어야 한다고 말했다.

동물들은 다시금 막연한 불안감을 느꼈다. 인간들과는 절대 거래하지 않을 것, 절대 장사하지 않을 것, 절대 돈을 사용하지 않을 것. 이 세 가지 원칙이야말로 존스를 추방한 후에 열린 제1차 승전회의에서 가결한 최초의 결의사항이 아니었던가? 그 결의를 가결한 것을 동물들은 모두 기억하고 있었다. 나폴레옹이 회의를 폐지했을 때 항의했던 네 마리의 젊은 돼지들은 이번에도 머뭇거리며 이의를 제기하려 했지만, 개들의 으르렁대는 소리에 압도되어서 입을 다물고 말았다. 그때 여느 때처럼 양들이 '네 다리는 좋고 두 다리는 나쁘다'라는 구호를 일제히 외쳤고, 어색했던 분위기가 금세 해소되었다. 마지막으로 나폴레옹이 앞다리를 들어 조용히 하라는 신호를 보냈고, 모든 준비를 이미 해 놓았다고 발표했다. 그는 인간들과 직접 접촉하는 것은 바람직하지 않으므로 어떤 동물도 그럴 필요는 없을 것이라고 말했다. 자신이 모든 책임을 직접 지겠다고 했다. 윌링던에 사는 변호사 휨퍼 씨가 동물농장과 외부 세계 사이에 중재자 역할을 하기로 했으며, 매주 월요일 아침에 지시를 받기 위해 농장으로 오기로 했다는 것이다. 나폴레옹은 평소와 마찬가지로 "동물농장 만세!"라고 외치며 연설을 마쳤고, 동물들은 〈영국의 동물들〉을 합창한 후 흩어졌다.

그 후 스퀼러가 농장을 돌면서 동물들을 안심시켰다. 그는 동물들에게 인간들과 거래하거나 돈을 사용하지 않겠다는 결의는 통과된 적이 없었으며, 그러한 결의안이 제출된 일조차 없었다고 설득했다. 그것은 순전히 상상이며, 모든 것이 아마 스노볼이 퍼뜨린 거짓말에서 비롯되었을지도 모른다고 말했다. 그래도 몇몇 동물들이 막연하게나마 의혹을 품었고, 스퀼러는 그들에게 날카롭게 반문했다. "동지 여러분, 그게 여러분이 꿈을 꾼 것이 아니라고 확신할 수 있습니까? 그런 결의를 했다는 기록이라도 있나요? 어디에 기록해 두었지요?" 그런 기록이 없다는 것이 확실했기 때문에 동물들은 자신들의 착각일 수도 있다는 것을 인정했다.

약속한 대로 매주 월요일에 휨퍼 씨가 동물농장을 찾아왔다. 구레나룻을 길러 교활해 보이는 인상의 그는 체구가 작은 사나이로, 주로 사소한 사건들을 담당하는 변호사였지만 동물농장이 곧 중개인이 필요할 것이며 수수료가 짭짤할 것을 누구보다 먼저 알아차릴 정도로 눈치가 빠른 사람이었다. 동물들은 그가 오가는 것을 두려운 마음으로 지켜보았고, 가능한 한 그를 피하려고 했다. 그러나 네 다리를 가진 나폴레옹이 두 다리로 서 있는 휨퍼에게 지시를 내리는 장면을 보자 동물들은 우쭐한 기분이 들었고, 새로운 조치에 대해 일정 부분 만족하게 되었다. 이제 그들과 인간들의 관계가 예전과는 달라졌다.

하지만 동물농장이 번영하고 있다고 해서 동물농장에 대한 인간들의 증오심이 줄어든 것은 아니었다. 증오심은 오히려 더욱 커졌다. 인간들은 모든 동물농장이 머지않아 파산할 것이며, 특히 풍차 건설은 실패로 돌아갈 것이라고 확신했다. 그들은 술집에 모여 앉아 풍차는 반드시 무너질 것이며, 설령 건설된다고 해도 절대 가동되지 않을 것이라고 그림을 그려가며 서로에게 증명해 보였다. 그러나 동물들이 효율적으로 문제를 해결해 나가는 것을 보고 내켜하지 않았던 인간들도 일종의 존경심을 갖게 되었다. 그 한 가지 증거로는, 인간들은 이제 이 농장을 전처럼 '장원농장'이라고 부르는 대신 '동물농장'이라는 고유명사로 부르기 시작했다. 또한, 그들은 농장을 되찾겠다는 희망을 버리고 다른 곳으로 이사를 가버린 존스를 더 이상 옹호하지도 않았다.

휨퍼를 통한 거래 외에는 동물농장과 외부 세계와의 접촉이 전혀 없었지만, 나폴레옹이 폭스우드 농장의 필킹턴 씨나 핀치필드 농장의 프레더릭 씨 중 어느 한쪽과 계약을 맺으려 한다는 소문이 꾸준히 나돌았다. 그러나 두 사람과 동시에 계약을 맺는 일은 절대로 없을 것이라고 했다.

바로 이 무렵 돼지들이 갑자기 농장 저택으로 거처를 옮겨 그곳에서 살기 시작했다. 동물들은 다시 한번 그곳에서 생활하는 것을 금지하는 결의안이 동물농장 탄생 초기에 가결된 사실을 기억해냈지만, 이번에도 스퀼러가 그런 일은 없었다며 동물들을 설득했다. 그는 농장에서 두뇌 역할을 하는 돼지들이 일할 수 있는 조용한 장소가 반드시 필요하다고 말했다. 또한, 지도자(최근 그는 나폴레옹에게 '지도자'라는 칭호를 붙였다)가 평범한 돼지우리가 아니라 집에서 지내는 것이 권위에 어울린다고 했다. 그러나 몇몇 동물들은 돼지들이 부엌에서 식사를 하고 응접실을 휴게실로 사용할 뿐만 아니라 침대에서 잠을 잔다는 말을 듣고는 의아하게 생각했다. 복서는 예전과 마찬가지로 '나폴레옹 동지는 언제나 옳다'라고 얼버무렸지만, 클로버는 분명히 침대 사용을 금지한다는 규정이 있다는 것을 기억해냈고, 헛간에 찾아가 일곱 계명을 읽어보려고 했다. 그녀는 자신이 글자를 한 자씩밖에 읽을 수 없다는 것을 깨닫고 뮤리엘을 데리고 갔다.

"뮤리엘, 네 번째 계명을 좀 읽어줘. 절대 침대에서 자면 안 된다고 쓰여 있지 않아?"

뮤리엘은 간신히 한 글자 한 글자 더듬거리며 읽어나갔다.

"어떤 동물도 시트를 깔고 침대에서 잠을 자서는 안 된다고 쓰여 있어." 그녀가 마침내 말했다.

이상하게도 클로버는 네 번째 계명에 '시트에 대한' 내용이 있었던 것이 기억나지 않았다. 그러나 벽에는 분명히 그렇게 쓰여 있는 것으로 보아 믿을 수밖에 없었다. 이때 마침 개 두서너 마리를 데리고 그곳을 지나가던 스퀼러가 이 문제에 대해 제대로 설명해 주었다.

"동지 여러분, 여러분은 우리 돼지들이 요즘 농장 저택의 침대에서 잔다는 소문을 들었지요? 그게 뭐가 잘못되었습니까? 당신들은 설마 '침대'에서 자지 말라는 규정이 있다고 생각하는 건 아닐 테지요? 침대라는 것은 그저 잠자는 장소를 뜻하는 것입니다. 엄밀히 따지면, 외양간의 짚더미도 침대라고 할 수 있지요. 규정에는 시트 사용을 금지하고 있을 뿐입니다. 시트는 인간이 발명한 것이기 때문에 사용해서는 안 된다는 겁니다. 우리는 농장 저택의 침대에서 시트를 걷어치우고 담요를 덮고 잔답니다. 물론 그것은 정말 편안한 침대더군요! 그렇지만 동지 여러분, 우리가 요즘 하는 정신노동에 비하면 그건 결코 충분하다고 할 수 없습니다. 여러분은 우리의 휴식을 빼앗을 생각은 아니겠지요? 우리가 너무 피곤해서 제대로 임무를 수행할 수 없게 되는 걸 바라지는 않겠지요? 여러분 중 존스가 다시 돌아오기를 바라는 자는 아무도 없겠지요?"

동물들은 그 점에 대해 스퀼러를 바로 안심시켜 주었고, 돼지들이 농장 주택의 침대에서 자는 것에 대해 더는 말하지 않았다. 그리고 며칠 뒤에는 앞으로 돼지들이 다른 동물들보다 한 시간 늦게 일어날 것이라고 발표했을 때에도 누구 하나 이의를 제기하지 않았다.

가을이 될 무렵 동물들은 지쳐 있었지만 그래도 행복했다. 그들은 힘든 한 해를 보냈고, 건초와 곡식 일부를 시장에 내다 팔았기 때문에 식량이 넉넉한 편은 아니었다. 그러나 완성되어 가는 풍차가 모든 것을 보상해 주었다. 풍차는 이제 절반가량 완성되었다. 수확을 끝낸 후 맑고 건조한 날이 계속되었고, 동물들은 그 어느 때보다 더 열심히 일했다. 아침부터 밤까지 돌덩이를 날라도 풍차 벽이 1피트씩 높아진다면 보람이 있다고 생각했다. 복서는 밤에도 혼자 나와 달빛을 받으며 한두 시간씩 일했다. 동물들은 시간이 날 때면 절반쯤 완성된 풍차 주위를 둘러보며 견고하게 우뚝 서 있는 모습을 보며 감탄했고, 자기들이 그처럼 당당한 건물을 지을 수 있다는 사실에 감탄했다. 오직 벤자민 영감만이 풍차에 대해 열의를 보이지 않았고, 평소처럼 당나귀들은 오래 산다는 수수께끼 같은 말만 하곤 했다.

11월이 되자 남서풍이 매섭게 몰아쳤고, 습한 날씨 때문에 시멘트를 섞을 수 없었기에 풍차 공사를 중단할 수밖에 없었다. 그러던 어느 날 밤, 강풍이 불어와 농장 건물이 바닥부터 흔들렸고, 헛간 지붕의 기왓장이 몇 개 떨어져 나갔다. 암탉들은 모두 약속이나 한 듯 동시에 먼 곳에서 총소리가 들려오는 꿈을 꾸었고, 꿈에서 깨어나 두려움에 소리를 질러댔다. 아침이 되어 동물들이 우리에서 나와 보니 게양대는 부러져 있었고, 과수원 아래에 있는 느릅나무가 마치 무처럼 뿌리째 뽑혀 있었다. 이 광경을 보자 절망에 찬 울부짖음이 모든 동물의 입에서 터져 나왔다. 그리고 눈앞에는 끔찍한 장면이 연이어 펼쳐졌다. 풍차가 무너진 것이었다.

동물들은 일제히 그곳으로 달려갔다. 좀처럼 뛰는 법이 없던 나폴레옹이 선두에 서서 달렸다. 그랬다, 정말로 풍차가 폭삭 무너져 있었다. 그들의 땀의 결실이 토대까지 무너졌고, 그토록 애써서 운반해 왔던 돌들이 사방에 흩어져 있었다. 동물들은 할 말을 잃은 채 무참하게 무너져 내린 돌 더미를 비통한 표정으로 바라보았다. 나폴레옹은 입을 다문 채 왔다 갔다 하면서 이따금 땅에 코를 대고 냄새를 맡았다. 그의 꼬리가 단단하게 굳어지더니 좌우로 빠르게 움직였다. 그가 집중하여 무엇인가 생각하고 있다는 것을 나타내는 표시였다. 갑자기 그는 무언가를 결심한 듯 걸음을 멈추었다.

"동지 여러분," 그는 조용히 말했다. "누가 이런 짓을 했는지 알겠습니까? 밤중에 들어와서 우리 풍차를 무너뜨린 적이 누구인지 알고 있습니까? 바로 스노볼입니다!" 그는 갑자기 우레 같은 목소리로 외쳤다. "이건 스노볼의 짓입니다! 순전히 악의에 차서 우리들의 계획을 망치고, 수치스럽게 추방당한 것에 대해 복수를 한 것입니다. 그 배신자는 밤에 몰래 이곳에 들어와 우리가 1년에 걸쳐 완성한 성과를 파괴했습니다. 동지 여러분, 나는 여기서 스노볼에게 사형을 선고합니다. 그자를 처단한 자에게는 '제2급 동물영웅' 훈장과 사과 반 상자를 부상으로 줄 것입니다! 그놈을 산 채로 잡아 오는 자에게는 사과 한 상자를 주겠습니다!"

동물들은 스노볼마저 이런 범죄를 저지를 수 있다는 사실에 큰 충격을 받았다. 모두들 격분하며 소리를 질렀고, 스노볼이 돌아온다면 어떻게 잡을지에 대해 각자 생각하기 시작했다. 이와 거의 동시에 언덕에서 조금 떨어진 곳에서 돼지의 발자국이 발견되었다. 그 발자국은 겨우 몇 야드밖에 나 있지 않았지만, 농장 울타리에 있는 구멍으로 이어져 있는 것 같았다. 나폴레옹은 신중하게 발자국 냄새를 맡더니 스노볼의 발자국이 틀림없다고 단언했다. 그는 스노볼이 아마 폭스우드 농장 쪽에서 왔을 것이라는 의견을 제시했다.

"동지 여러분, 더는 지체해서는 안 됩니다!" 나폴레옹이 발자국을 조사한 후 외쳤다. "우리에게는 해야 할 일이 있습니다. 바로 지금부터 풍차를 재건해야 합니다. 해가 뜨든 비가 오든 겨울 내내 공사를 할 것입니다. 이 비열한 배신자에게 우리의 일을 그렇게 쉽게 망칠 수 없다는 것을 가르쳐 줍시다. 동지 여러분, 우리의 계획에는 변경이란 없을 것입니다. 하루도 어김없이 정확하게 해내야 할 것입니다. 자, 동지 여러분, 전진합시다! 풍차여 영원하라! 동물농장이여 영원하라!"

ANIMAL
FARM

07

그해 겨울은 혹독했다. 폭풍우가 몰아치더니 진눈깨비와 눈으로 바뀌고, 다시 서리가 내리고 얼어붙은 땅은 2월이 훌쩍 지날 때까지 녹지 않았다. 동물들은 풍차 재건 공사에 최선을 다했다. 바깥 세계가 자신들을 주목하고 있으며, 질투에 불타는 인간들이 예정된 시기까지 풍차를 짓지 못하면 기뻐하고 기고만장할 것이라는 사실을 알고 있었기 때문이었다.

악의에 찬 인간들은 풍차를 무너뜨린 범인이 스노볼이라는 것을 믿으려 하지 않았다. 오히려 벽이 너무 얇아서 무너졌다고 말했다. 동물들은 그들의 주장이 사실이 아니라는 것을 알고 있었다. 그러나 이번에는 벽 두께를 예전처럼 18인치가 아니라 3피트로 두껍게 쌓기로 결정했다. 그러기 위해서는 훨씬 더 많은 석재를 모아야만 했다. 하지만 채석장에는 오랫동안 눈이 쌓여 있었기 때문에 손을 쓸 수가 없었다. 그나마 그 후 한동안은 서리만 내리는 메마른 날이 계속되어 작업이 얼마간 진척되었지만, 일은 혹독했고 동물들은 예전처럼 희망을 품을 수가 없었다. 그들은 늘 추위와 배고픔에 시달렸다. 그러나 복서와 클로버만은 용기를 잃지 않았다. 스퀼러는 봉사의 기쁨과 노동의 신성함에 대해 멋진 연설을 했지만, 다른 동물들은 그 연설보다는 오히려 복서의 멈출 줄 모르는 체력과 '내가 좀 더 일하면 돼'라는 그의 한결같은 구호에서 더 큰 용기를 얻었다.

1월이 되자 식량이 부족했다. 옥수수 배급량이 눈에 띄게 줄었고, 이를 보충하기 위해 감자가 더 배급될 것이라는 발표가 있었다. 그러나 수확한 감자를 제대로 덮어두지 않아서 감자 수확량의 대부분이 구덩이 속에서 얼어버린 것이다. 감자는 물컹해지고 변색되어서 먹을 수 있는 것이 몇 개 되지 않았다. 어떤 때는 며칠씩 왕겨와 사탕무만 먹어야 했다. 굶어 죽을 위기가 그들의 코앞으로 다가온 것 같았다.

이러한 사실은 바깥 세계에 알려지지 않도록 해야 했다. 풍차가 무너진 사건으로 용기를 얻은 인간들은 동물농장에 대해 새로운 헛소문을 만들어 내고 있었다. 동물들이 모두 굶주리고 병들어 죽어가고 있다던가, 끊임없이 싸우고 서로 잡아먹으며, 심지어는 새끼들을 죽이기까지 한다는 것이었다. 나폴레옹은 식량 사정이 알려지면 불리한 결과를 낳을지도 모른다는 사실을 잘 알고 있었다. 그래서 휨퍼 씨를 이용해서 정반대 소문을 퍼뜨리기로 했다. 지금까지는 동물들이 농장을 매주 찾아오는 휨퍼 씨와 거의 접촉을 안 하거나 아예 안 했다. 그러나 앞으로는 대부분 양으로 이루어진 몇몇 동물들을 선발하여 그들이 휨퍼 씨가 들을 수 있는 곳에서 식량 배급이 늘어났다고 자연스럽게 대화를 주고받으라는 지시를 받았다. 또한 나폴레옹은 창고에 있는 텅 빈 식량 상자를 모래로 가득 채우고, 그 위에 조금 남아 있는 곡식이나 밀을 뿌려 덮어두라고 명령했다. 그는 적당한 구실을 만들어 휨퍼 씨를 식량 저장 창고로 데리고 가서 가득 차 있는 곡식 상자를 볼 수 있도록 했다. 휨퍼는 여기에 속아 넘어가 동물농장에는 식량이 부족하지 않다고 바깥 세계에 계속 알렸다.

그럼에도 불구하고 1월 말이 되자 어딘가에서 곡식을 구하지 않으면 안 될 지경에 이르렀다. 최근 들어 나폴레옹은 공식 석상에 거의 나타나지 않았고, 하루 종일 사나운 개들이 모든 문을 지키고 있는 농장 저택에 틀어박혀 지냈다. 그가 집 밖으로 나올 때면 마치 격식을 차리고 행차를 하는 것처럼 보였는데, 개 여섯 마리가 그 옆에 바싹 붙어 호위했고, 누군가 그의 곁에 가까이 오면 곧바로 으르렁거렸다. 그는 일요일 아침에도 종종 모습을 드러내지 않았고, 명령은 다른 돼지, 대부분은 스퀼러를 통해서 전달했다.

어느 일요일 아침, 스퀼러는 이제 막 다시 알을 낳기 시작한 암탉들에게 달걀을 내놓아야 한다고 발표했다. 나폴레옹이 휨퍼를 통해 매주 달걀 400개를 팔기로 계약했기 때문이었다. 여름이 되어 사정이 좋아질 때까지 달걀을 판 돈으로 농장의 모든 동물을 먹일 수 있도록 식량이나 곡물을 충당할 계획이었다.

암탉들은 이 발표를 듣자마자 무시무시한 비명을 질러댔다. 그들은 언젠가 이런 희생이 있을지도 모른다는 경고를 받기는 했지만, 그것이 현실로 다가올 것이라고는 생각하지 않았다. 그들은 봄을 맞아 병아리를 까기 위해 알들을 품고 있었기에 지금 알을 가져가는 것은 살생과 다름없다고 항의했다. 존스가 쫓겨난 이후 처음으로 반란 비슷한 것이 일어났다. 검은 미노르카종 암탉 세 마리가 주동하여 나폴레옹의 기대를 저지하기 위해 단호하게 행동했다. 그들이 취한 방법은 서까래로 날아 올라가 거기서 알을 낳고, 그것을 바닥에 떨어뜨려 산산조각 내는 것이었다. 그러자 나폴레옹은 신속하고 무자비한 조치를 취했다. 그는 암탉들에게 식량 배급을 중단하라는 명령을 내렸고, 그들에게 단 한 톨의 옥수수라도 준 자는 사형에 처한다고 선언했다. 개들은 동물들이 이 명령을 준수하는지 감시했다. 암탉들은 닷새 동안 버티다가 결국 항복하고 각자의 닭장으로 돌아갔다. 그러는 사이 암탉 아홉 마리가 죽었다. 그들의 시체는 과수원에 묻혔고, 사인은 기생충에 의한 콕시디아증으로 발표되었다. 휨퍼는 이 사건에 대해 아무것도 알 수 없었고, 달걀은 제때 공급되어 일주일에 한 번씩 꼬박꼬박 식료품 상점 마차에 실려 출고되었다.

그러는 동안 스노볼의 모습은 전혀 보이지 않았다. 다만 그가 폭스우드나 핀치필드 농장 중 하나에 숨어 있을 것이라는 소문이 돌았다. 이즈음 나폴레옹은 다른 농장주들과 예전보다 좀 더 우호적인 관계를 맺고 있었다. 동물농장의 마당에는 10년 전 너도밤나무 숲을 개간할 때 베어 내 쌓아둔 목재 더미가 있었는데, 그 목재들이 잘 건조되었기 때문에 휨퍼는 나폴레옹에게 그것을 팔 것을 권했다. 필킹턴 씨도 프레더릭 씨도 모두 이 목재를 구입하고 싶어 했다. 나폴레옹은 그 목재를 둘 중 누구에게 팔 것인지 결정하지 못하고 망설이고 있었다. 필킹턴 씨와 계약을 하려고 하면 스노볼이 폭스우드 농장에 숨어 있다는 소문이 돌았고, 프레더릭 씨와 계약을 하는 쪽으로 마음이 기울면 스노볼이 핀치필드 농장에 숨어 있다는 소문이 나돌았다.

이른 봄에 갑자기 놀랄 만한 사실이 드러났다. 스노볼이 밤을 틈타 은밀히 농장을 들락거렸다는 것이다! 동물들은 몹시 불안하여 밤에 잠을 이루지 못했다. 소문에 따르면 그는 밤마다 어둠을 틈타 잠입하여 옥수수를 훔치고, 우유 통을 엎어버리고, 달걀을 깨뜨리고, 묘목을 짓밟고, 과일나무의 껍질을 벗겨버렸다고 했다. 이제 그들은 좋지 않은 일이 생기면 그것을 모두 스노볼 탓으로 돌렸다. 창문이 깨지거나 배수구가 막히면, 누군가는 그것이 밤에 스노볼이 들어와서 저지른 짓이라고 말했다. 창고 열쇠가 없어졌을 때도 농장의 모든 동물은 스노볼이 그것을 우물에 던져 버렸다고 믿었다. 그러나 이상하게도 잃어버렸던 창고 열쇠가 곡식 부대 밑에서 발견되었음에도 동물들은 여전히 그렇게 믿었다. 암소들은 스노볼이 외양간에 몰래 들어와 그들이 잠들어 있는 사이에 젖을 짜갔다고 입을 모아 주장했다. 그해 겨울에는 말썽을 피우던 쥐들이 스노볼과 한통속이라는 소문이 돌기도 했다.

나폴레옹은 스노볼의 행적을 철저하게 조사하라는 명령을 내렸다. 그가 개들을 거느리고 농장 건물들을 면밀히 조사하는 동안, 다른 동물들은 경의의 표시로 적당한 거리를 두고 그의 뒤를 따랐다. 나폴레옹은 두세 걸음을 걷다가 발걸음을 멈추고는 스노볼의 발자국을 찾기 위해 땅바닥에 코를 대고 냄새를 맡았다. 그는 스노볼의 발자국을 냄새로 알 수 있다고 했다. 그는 헛간, 외양간, 닭장, 채소밭 등 구석구석 빠짐없이 냄새를 맡았고, 곳곳에서 스노볼의 자취를 찾아냈다. 나폴레옹은 코끝을 땅바닥에 대고 여러 번 깊이 냄새를 빨아들이고는 무서운 목소리로 "스노볼이야! 그놈이 여기에 왔었어! 분명히 냄새가 나!"라고 외쳤다. 스노볼이라는 이름이 나올 때마다 개들이 일제히 으르렁거리며 날카로운 이빨을 드러냈다.

동물들은 완전히 공포에 휩싸였다. 스노볼이 마치 공기 속에 가득 퍼져서 그들에게 위협을 가하는, 눈에 보이지 않는 어떤 이상한 힘처럼 느껴졌다. 저녁이 되자 스퀼러는 동물들을 모두 모아 놓고, 걱정스럽다는 듯한 표정을 지으며 중대한 소식을 발표하겠다고 했다.

"동지 여러분!" 스퀼러가 다소 흥분하여 펄쩍 뛰면서 말했다. "참으로 끔찍한 일이 밝혀졌습니다. 스노볼이 우리 농장을 호시

탐탐 노리고 있는 핀치필드 농장의 프레더릭에게 매수되었습니다! 스노볼은 공격이 시작되면 안내자 역할을 할 겁니다. 그러나 그것보다 더 안 좋은 소식이 있습니다. 우리는 스노볼의 반란이 단순히 그의 허영심과 야심으로 인해 일어났다고 생각했습니다. 그러나 우리가 잘못 알고 있었습니다, 동지 여러분. 진짜 이유가 무엇인지 아십니까? 스노볼은 처음부터 존스와 한통속이었던 것입니다! 그는 내내 존스의 첩자였습니다. 그가 남긴 문서가 모든 것을 증명해주고 있습니다. 우린 그 문서를 이제야 찾았습니다. 동지 여러분, 나로서는 이로써 모든 내막이 밝혀졌다고 생각됩니다. 그가 외양간 전투에서 우리에게 패배와 파멸을 안겨주려고 어떤 짓을 했는지 우리 눈으로 직접 목격하지 않았습니까?"

동물들은 경악했다. 그것은 풍차를 파괴한 것을 넘어서는 극악무도한 짓이었다. 그러나 그 사실을 받아들이는 데는 시간이 걸렸다. 동물들 모두 스노볼이 외양간 전투에서 선두에 서서 공격하고, 고비를 맞을 때마다 그들에게 용기를 주고 격려했던 그의 모습을 기억했다. 존스의 총알이 스노볼의 등을 스쳐서 상처를 입었을 때도 조금도 망설이지 않았던 그의 모습을 기억했다. 아니, 기억하고 있다고 생각했다. 이러한 스노볼의 모습들 때문에 그가 존스와 한편에 섰다는 것이 무슨 뜻인지 처음에는 이해하기가 어려웠다. 좀처럼 질문을 하지 않는 복서조차 당황했다. 그는 앞발을 구부리고 앉아 눈을 감고 생각을 정리해 보려고 노력했다.

"난 그것을 믿을 수 없어요." 그가 말했다. "스노볼은 외양간 전투에서 용감하게 싸웠습니다. 우리 모두 그 모습을 직접 보았습니다. 전투가 끝난 직후에 우리가 그에게 '제1급 동물영웅' 훈장을 수여하지 않았던가요?"

"동지 여러분, 바로 그것이 우리의 실수였습니다. 우리는 지금에서야 모든 걸 알게 되었습니다. 우리가 찾은 비밀문서에 모든게 다 적혀 있습니다. 사실 그는 우리를 파멸로 이끌어가려고 했던 것입니다."

"하지만 그는 부상을 당했습니다." 복서가 말했다. "그가 피를흘리는 모습을 우리는 모두 봤습니다."

"그게 바로 계략의 일부였단 말입니다!" 스퀼러가 외쳤다. "존스의 총알은 살짝 스쳤을 뿐입니다. 당신들이 글을 읽을 수만 있다면 그가 쓴 문서를 보여줄 수 있을 텐데… 그 계획이란 결정적인 순간에 스노볼이 후퇴 명령을 내려서 적에게 농장을 넘겨주는 것이었습니다. 그리고 거의 성공할 뻔했습니다, 동지 여러분. 우리의 영웅적인 지도자 나폴레옹이 아니었다면 그는 분명히 성공했을 겁니다. 존스와 그의 일당들이 마당에 들어왔을 때 스노볼이 갑자기 몸을 돌려 도망쳤고, 많은 동물들이 그의 뒤를 따랐던 것이 기억나지 않으십니까? 그리고 혼란스럽고 모든 것이 끝이라고 생각되던 바로 그 순간에 나폴레옹이 '인간에게 죽음을!'이라고 외치면서 존스의 다리를 물어뜯은 것을 기억하지 않으십니까? 동지 여러분, 분명히 기억하고 있으시겠지요?" 스퀼러는 이리저리 뛰어다니며 외쳤다.

스퀼러가 그처럼 생생하게 그 장면을 묘사하자 동물들은 그것이 기억나는 듯했다. 어쨌든 전투에서 위기의 순간에 스노볼이몸을 돌려 달아났다는 것은 기억했다. 그러나 복서는 여전히 미심쩍어했다.

"난 스노볼이 처음부터 배신자였다고 생각하지 않습니다." 복서가 마침내 입을 열었다. "그 이후 그의 행동은 어떨지 몰라도 말입니다. 외양간 전투에서만큼은 그가 훌륭한 동지였다고 믿습니다."

"우리의 지도자 나폴레옹 동지는," 스퀼러가 느리지만 확고한 어조로 말했다. "스노볼이 처음부터 존스의 첩자였다고 분명히 말씀하셨습니다. 정확히 말하자면 반란이 일어나기 오래전부터 말입니다."

"아, 그렇다면 문제는 달라지죠." 복서가 말했다. "나폴레옹 동지가 그렇게 말씀하신다면, 그것이 맞겠지요."

"동지! 그게 바로 올바른 생각입니다!" 스퀼러가 소리쳤다. 그러나 그의 작고 반짝거리는 두 눈은 복서를 향해 험악한 눈길을 보냈다. 그는 돌아 나가다가 잠깐 멈추어 서더니 의미심장하게 몇 마디 덧붙였다. "경고하건대 이 농장의 모든 동물은 눈을 똑바로 뜨고 있어야 할 겁니다. 우리는 스노볼의 비밀 정보원이 지금 이 순간에도 우리 중에 숨어 있다고 생각할 만한 증거가 있습니다!"

그로부터 나흘 뒤, 늦은 오후에 나폴레옹이 모든 동물에게 마당에 모이라고 명령했다. 그들이 전부 모이자 나폴레옹이 농장 저택에서 두 개의 훈장을 달고 (그는 최근에 자신에게 '제1급 동물영웅' 훈장과 '제2급 동물영웅' 훈장을 수여했다) 등장했다. 그의 주변에는 소름이 끼칠 정도로 으르렁거리는 덩치 큰 개 아홉 마리가 이리저리 뛰어다녔다. 동물들은 어떤 끔찍한 일이 일어날 것을 예감하듯 제자리에서 입을 다문 채 웅크리고 앉아 있었다.

나폴레옹은 근엄하게 서서 동물들을 둘러보더니 날카롭게 소리를 질렀다. 그러자 개들이 즉시 앞으로 뛰어나와 돼지 네 마리의 귀를 물고 그의 앞으로 끌어냈다. 돼지들은 고통과 공포로 울부짖었다. 그들의 귀에서 피가 흘렀고, 개들은 피 맛을 보더니 잠시 미친 듯이 사나워졌다. 그 순간 사나워진 개 세 마리가 복서에게 덤벼드는 것을 보고 동물들은 모두 깜짝 놀랐다. 복서는 그들이 오는 것을 보고 커다란 발굽을 내밀어 그중 한 마리를 잡아채어 땅바닥에 짓눌렀다. 그 개는 살려달라고 비명을 질렀고 나머지 두 마리는 다리 사이로 꼬리를 감추고 달아났다. 복서는 개를 밟아 죽일 것인지 살려 둘 것인지 묻는 듯이 나폴레옹을 바라보았다. 나폴레옹은 안색이 변하더니 복서에게 개를 놓아주라고 날카롭게 명령했다. 복서는 발굽을 들어 올렸고, 개는 몸에 상처를 입고 울부짖으며 슬그머니 달아났다.

곧 소란이 가라앉았다. 네 마리의 돼지들은 몸을 떨며 기다리고 있었다. 그들의 얼굴에는 죄상이 낱낱이 씌어 있는 것 같았다. 나폴레옹은 그들에게 죄를 자백하라고 명령했다. 그들은 나폴레옹이 일요 집회를 폐지했을 때 항의를 했던 바로 그 네 마리의 돼지들이었다. 더 추궁하기 전에 그들은 스노볼이 추방된 후 줄곧 그와 은밀히 접촉해 왔으며, 그와 공모해서 풍차를 파괴했고 동물농장을 프레더릭 씨에게 넘겨주기로 스노볼과 협정했다는 사실을 자백했다. 그들은 또한 스노볼이 자기가 지난 몇 년간 존스의 첩자였다고 자신들에게 인정했다는 말도 덧붙였다. 그들이 자백을 마치자 개들은 즉시 그들의 목을 물어뜯었고, 나폴레옹은 무시무시한 목소리로 다른 동물들은 자백할 것이 없느냐고 다그쳤다.

그러자 달걀 문제로 반란을 시도했던 암탉 세 마리가 앞으로 나와 스노볼이 꿈에 나타나 나폴레옹의 명령에 복종하지 말라고 선동했다고 진술했다. 그들 역시 무참히 처형되었다. 그다음에는 거위 한 마리가 앞으로 나와 지난해 추수 때 옥수수 여섯 알을 숨겨 놓았다가 밤에 몰래 먹었다고 자백했다. 양 한 마리도 나와 우물에 오줌을 누었다고 자백했는데, 스노볼이 시킨 일이라고 말했다. 또 다른 양 두 마리는 나폴레옹을 충실하게 따르던 늙은 숫양이 기침으로 고생할 때 모닥불 주위를 끊임없이 빙글빙글 돌게끔 쫓아다녀서 죽게 했다고 자백했다. 그들은 모두 그 자리에서 처형되었다. 이런 식으로 자백과 처형 집행이 계속되었고, 나폴레옹의 발밑에는 시체가 산더미처럼 쌓여 피비린내가 진동했다. 이는 존스가 추방된 이래로 처음 있는 일이었다.

처형이 모두 끝나자, 돼지들과 개들을 제외한 모든 동물은 한데 모여 슬금슬금 도망을 갔다. 그들은 큰 충격을 받았고 비참하다는 생각마저 들었다. 스노볼과 공모한 동물들의 배신과 그들이 조금 전 목격한 끔찍한 처형 중 어느 것이 더 충격적인지 알 수 없었다. 전에도 이런 끔찍한 참사가 벌어졌었지만, 이번 일은 그들 사이에서 벌어진 일이었기 때문에 더 끔찍하게 느껴졌다. 존스가 농장에서 추방당한 후 지금까지 어떤 동물도 다른 동물을 죽인 적이 없었다. 심지어 쥐 한 마리도 죽이지 않았다. 그들은 반쯤 완성된 풍차가 서 있는 작은 언덕으로 올라가, 마치 온기를 찾아 함께 웅크린 것처럼 서로에게 몸을 의지해 앉았다. 클로버, 뮤리엘, 벤자민, 암소들, 양들, 그리고 모든 거위와 암탉들이 함께 둘러앉았다. 나폴레옹이 동물들에게 집합하라는 명령을 내리기 직전에 갑자기 사라진 고양이를 제외하고 사실상 모두 함께 모인 셈이었다. 한동안 아무도 말을 하지 않았다. 복서만 혼자 서 있었다. 그는 안절부절못한 채 길고 검은 꼬리를 흔들면서 이따금 놀랍다는 듯 작은 신음을 내뱉었다. 그리고 마침내 말했다.

"난 도저히 이해할 수가 없습니다. 이런 일이 우리 농장에서 일어날 거라고는 상상조차 못 했어요. 분명 우리가 뭔가 잘못을 했기 때문일 겁니다. 내가 보기에 해결책은 더 열심히 일하는 것뿐입니다. 지금부터 나는 아침에 한 시간 더 일찍 일어나겠습니다."

그리고 그는 무거운 걸음으로 채석장을 향해 떠났다. 그곳에 도착한 그는 돌 두 더미를 연달아 모으더니 그것들을 밤늦게까지 풍차 건설 현장으로 날랐다.

동물들은 아무 말 없이 클로버 주위에 모여 앉았다. 그들이 앉아 있는 언덕에서는 농장 일대를 훤히 내다볼 수 있었다. 동물농장의 대부분도 시야에 들어왔다. 큰길로 뻗어 있는 긴 목초지, 건초용 풀밭, 잡목 숲, 우물, 어린 밀과 보리가 푸르게 자란 밭, 굴뚝에서 연기를 내뿜고 있는 농장 건물들의 붉은 지붕들이 보였다. 맑은 봄날의 저녁이었다. 잔디와 부서진 울타리가 햇빛을 받아 황금빛으로 빛나고 있었다. 여태껏 이 농장이 그들에게 그렇게 아름답게 보였던 적이 없었다. 그들은 그 농장 구석구석이 모두 자신들의 것이라는 생각이 들자 놀라울 따름이었다. 언덕 아래를 내려다보는 클로버의 두 눈에는 눈물이 가득 고여 있었다. 만약 자기 생각을 제대로 표현할 수만 있었다면, 그녀는 수년 전에 인간을 타도하기 위해 함께 일을 벌였을 때 목표했던 것이 이런 것은 아니었다고 말했을 것이다. 메이저 영감이 처음 그들에게 반란을 일으키라고 선동하던 그날 밤 그들이 꿈꾸었던 것은 이런 공포와 학살의 장면이 아니었다. 그녀가 그리는 미래에서는 동물들이 배고픔과

매질에서 해방되고, 모두가 평등하고, 각자의 능력에 따라 일을 했다. 클로버는 메이저 영감이 연설하던 그날 밤 자신의 앞발로 새끼오리들을 감싸준 것처럼 강자가 약자를 보호해 주는 동물 사회를 꿈꿨던 것이었다. 그러나 현실은 아무도 속마음을 털어놓을 수 없고, 개들이 사납게 으르렁거리며 돌아다니며, 충격적인 범행을 자백한 후 무참히 처형당하는 동물들의 비극을 바라볼 수밖에 없는 상황이었다. 그렇게 된 이유는 알 수 없었다. 클로버는 반란이나 불복종을 할 생각은 없었다. 그녀는 사태가 이렇다고 해도 과거의 존스 시절보다 지금이 훨씬 나으며, 인간들이 농장으로 돌아오는 것을 막아야 한다는 것을 잘 알고 있었다. 무슨 일이 있어도 그녀는 농장에 충성을 다하고, 열심히 일하며, 주어진 명령을 수행하고, 나폴레옹이 지도자라는 사실을 받아들일 것이다. 그러나 그녀와 다른 동물들이 열심히 일해 온 것은 결코 이런 것을 위해서가 아니었다. 풍차를 건설하고 존스의 총에 맞서 싸웠던 것도 결코 그런 것을 위해서가 아니었다. 자기 생각을 말로 표현할 수는 없었지만, 아무튼 클로버의 생각은 그러했다.

마침내 그녀는 말로 자기 생각을 표현하는 대신 〈영국의 동물들〉을 부르기 시작했다. 그녀 주위에 앉아 있던 다른 동물들도 그 노래를 따라 불렀다. 그들은 노래를 아름답고 구성지게, 그리고 처량하게 세 번이나 연달아 불렀다. 전에는 결코 그런 분위기로 불러본 적이 없었다.

그들이 세 번째 반복을 막 끝냈을 때 스퀼러가 두 마리의 개를 데리고 무언가 중요한 발표라도 할 것처럼 다가왔다. 그는 나폴레옹의 특별 지시에 따라 〈영국의 동물들〉이 금지곡이 되었다고 발표했다. 지금부터 그 노래를 불러서는 안 된다는 것이었다.

동물들은 깜짝 놀랐다.

"무엇 때문이죠?" 뮤리엘이 외쳤다.

"그 노래는 이제 필요 없기 때문입니다, 동지 여러분." 스퀄러가 차갑게 말했다. 〈영국의 동물들〉은 반란의 노래입니다. 그러나 이제 반란은 끝났습니다. 오늘 오후에 있었던 배신자들의 처형이 마지막 마무리였습니다. 우리는 농장 안팎의 적을 모두 물리쳤습니다. 〈영국의 동물들〉에서 우리는 보다 나은 사회에 대한 소망을 표현했고, 그 사회는 이제 이루어졌습니다. 이제 그 노래는 아무런 의미가 없습니다."

비록 겁에 질려 있었지만 몇몇 동물들은 항의하고 싶은 심정이었다. 그러나 바로 그 순간 양들이 여느 때처럼 '네 다리는 좋고 두 다리는 나쁘다!'를 외치기 시작했고, 그것이 몇 분 동안 계속되자 결국 토론은 끝나 버리고 말았다.

그래서 〈영국의 동물들〉은 이제 더는 들을 수 없게 되었다. 그 대신 시인 미니머스가 다른 노래를 하나 지었는데, 그것은 이렇게 시작했다.

동물농장이여, 동물농장이여,
나를 따르면 해를 입지 않으리라!

동물들은 이 노래를 일요일 아침마다 깃발을 게양한 뒤 불렀다. 그러나 동물들에게는 어쩐지 가사나 곡조가 〈영국의 동물들〉만큼 가슴에 와 닿지 않았다.

ANIMAL
FARM

08

그로부터 며칠이 지나고 처형 사건으로 인한 공포가 가라앉았을 무렵, 몇몇 동물들은 일곱 계명 중에 '어떤 동물도 다른 동물을 죽여서는 안 된다'라는 여섯 번째 계명이 있다는 사실을 기억해냈다. 아니, 기억한다고 생각했다. 비록 아무도 돼지들이나 개들 앞에서 그런 말을 하지는 않았지만, 모두가 며칠 전에 있었던 살육은 확실히 계명에 어긋나는 일이라고 생각했다. 클로버는 벤자민에게 여섯 번째 계명을 읽어달라고 부탁했다. 그것은 다음과 같았다. '어떤 동물도 이유 없이 다른 동물을 죽여서는 안 된다.' 어떻게 된 일인지 동물들은 '이유 없이'라는 두 단어를 잊고 있었다. 그러나 이제 그들은 처형 사건이 계명을 어긴 것이 아니라는 것을 알게 되었다. 스노볼과 공모했던 반역자들을 죽인 것은 충분히 그럴 만한 이유가 있었다.

그해 내내 동물들은 지난해보다 더 열심히 일했다. 농장의 일상적인 일을 하는 동시에 예정된 기일에 맞춰서 전보다 벽 두께가 두 배나 되는 풍차를 재건하는 것은 몹시 힘든 일이었다. 동물들은 존스 시절보다 더 오래 노동을 하는데도 먹을 것은 나아지지 않았다고 느낄 때가 있었다. 일요일 아침이면 스퀼러가 긴 종이 두루마리를 앞발로 들고, 모든 종류의 식량 생산량이 경우에 따라 2백 퍼센트, 3백 퍼센트, 혹은 5백 퍼센트 증가했다는 것을 입증하는 통계표를 그들에게 읽어주곤 했다. 동물들은 반란 전의 상태가 어땠는지 더 이상 명확하게 기억나지 않았기 때문에 그의 말을 믿지 않을 이유가 없었다. 그들은 숫자 따위는 아무래도 좋으니 식량이나 더 늘려주었으면 하고 바라곤 했다.

이제 모든 명령은 스퀼러나 다른 돼지들을 통해 전달되었다.

나폴레옹은 2주에 한 번 정도 나타날까 말까 했다. 그가 나타날 때는 개들이 수행원 역할을 할 뿐만 아니라 검은 수탉 한 마리도 앞에 서서 행진했으며, 나폴레옹이 연설하기 전에 나팔수처럼 '꼬끼오' 하고 큰 소리로 울었다. 농장 저택에서도 나폴레옹은 다른 돼지들과 방을 따로 쓴다는 소문이 돌았다. 그는 개 두 마리의 시중을 받으며 식사도 혼자 하고, 응접실의 유리 찬장에 있는 크라운 더비 자기라는 고급 그릇을 사용한다고 했다. 또한, 매년 다른 두 기념일과 마찬가지로 나폴레옹의 생일에도 축포를 쏘겠다고 발표했다.

이제 나폴레옹은 그냥 '나폴레옹'이라고 불리지 않았다. 공식적으로 그는 늘 '우리들의 지도자 나폴레옹 동지'라고 불렸고, 돼지들은 그를 위해 '모든 동물의 아버지', '인류의 공포', '양떼의 수호자', '새끼오리의 친구' 따위의 칭호를 붙였다. 스퀼러는 나폴레옹의 지혜와 따뜻한 마음, 모든 동물에 대한 그의 깊은 사랑, 특히 다른 농장에서 아직도 무지와 노예 상태로 살아가는 불쌍한 동물들에 대한 그의 깊은 사랑에 대해 눈물을 흘리며 이야기하곤 했다. 모든 성공적인 업적과 행운은 나폴레옹의 공로가 되었다. 암탉 한 마리가 다른 암탉에게 이렇게 말하는 것을 종종 들을 수 있었다. "우리의 지도자 나폴레옹 동지의 보호 하에 나는 엿새 동안 달걀 다섯 개를 낳았어." 혹은 웅덩이에서 물을 마시던 암소 두 마리가 "나폴레옹 동지의 지도력 덕분에 물맛이 좋구나!" 하고 감탄하기도 했다. 농장의 전반적인 분위기는 미니머스가 지은 '나폴레옹 동지'라는 시에 잘 표현되어 있었다. 시는 다음과 같았다.

아비 없는 자의 친구여!
행복의 샘이여!
진수성찬의 주여! 오, 내 영혼은 불타오르네
하늘의 태양 같은
고요하고 위엄 있는 그대의 눈을 바라볼 때면
나폴레옹 동지여!

모든 동물이 바라는
모든 것을 주시는 분
하루 두 번 배부르게 하고 깨끗한 밀짚을 베개로 삼게 하시니
크고 작은 모든 동물은
자기 우리에서 편히 잠들고
그대 이 모든 것을 보살펴주시는 분
나폴레옹 동지여!

내 젖먹이 돼지를 낳으면
맥주병이나 방망이만큼 자라기 전에
그대에게 충성하고 진실할 것을
가르치리라
그래, 그가 외칠 첫마디는
'나폴레옹 동지여'이리라

나폴레옹은 이 시를 흡족하게 생각하고, 일곱 계명 맞은편 끝,

큰 창고 벽에 써놓게 했다. 스퀄러는 그 위에 흰 페인트로 나폴레옹의 옆모습을 초상화로 그려 놓았다.

그러는 사이 나폴레옹은 중개인 휨퍼 변호사의 주선으로 프레더릭과 필킹턴 사이에서 복잡한 협상을 벌이고 있었다. 목재가 아직 팔리지 않고 있었다. 둘 중 프레더릭이 목재를 사려는 데더 적극적이었지만, 제값을 주려고 하지 않았다. 그와 동시에 풍차 건설에 큰 질투를 느끼고 있던 프레더릭과 그의 일꾼들이 동물농장을 습격하여 풍차를 파괴할 음모를 꾸미고 있다는 새로운 소문이 나돌기 시작했다.

한여름에는 암탉 세 마리가 스노볼의 선동으로 나폴레옹을 살해할 음모에 가담했었다고 자백하는 것을 듣고 동물들은 몹시 놀랐다. 그들은 즉시 처형되었고, 나폴레옹의 신변 보호를 위해 새로운 조치가 취해졌다. 밤에는 네 마리의 개가 그의 침대 귀퉁이에서 그를 지켰고, 핑크아이라는 젊은 돼지가 나폴레옹의 음식에 독이 들어 있는지를 확인하기 위해 먼저 시식해보는 임무를 맡았다.

바로 그때쯤 나폴레옹이 필킹턴 씨에게 목재를 팔기로 했으며, 동물농장과 폭스우드 농장 사이에 특정 생산품을 교환하기 위한 협약을 체결하려고 한다는 소문이 무성하게 떠돌았다. 나폴레옹과 필킹턴 사이의 관계는 휨퍼라는 대리인을 통해서만 이루어지고 있었지만, 이제 거의 우호적인 관계로 발전했다. 동물들은 필킹턴이 인간이라는 이유로 불신하고 있었지만, 두려워하고 미워하고 있던 프레더릭에 비하면 훨씬 낫다고 생각했다. 여름이 지나가고 풍차가 완성되어 갈 때쯤 반역자들의 공격이 임박했다는 소문이 더욱 파다하게 퍼졌다. 소문에 따르면 프레더릭이 총으로 무장한 스무 명의 사나이를 이끌고 그들을 공격할 계획을 세우고 있으며, 이미 치안판사와 경찰을 매수했기 때문에 동물농장의 권리증서만 손에 넣는다면 별다른 문제가 없을 것이라고 했다. 또한, 프레더릭이 자기 농장의 동물들에게 행한 가혹한 짓에 대한 무시무시한 소문이 핀치필드에서 새어나왔다. 늙은 말은 때려죽였고, 암소는 굶겨 죽였으며, 개를 아궁이에 던져 태워 죽였고, 수탉의 발톱에 면도날 조각을 붙이고 닭싸움을 붙여 이를 즐기고 있다는 것이었다. 동물들은 이러한 행위가 친구들에게 가해지고 있다는 이야기를 듣고 분노로 피가 끓어올랐다. 그들은 떼를 지어 몰려가 핀치필드 농장을 습격해서 인간을 추방하고 동물들을 자유롭게 해주자고 이따금 아우성을 쳤다. 그러나 스퀼러는 무모한 행동은 피하고 나폴레옹 동지의 전략을 믿으라고 충고했다.

그럼에도 불구하고 프레더릭에 대한 반감은 점점 높아졌다. 어느 일요일 아침 나폴레옹이 창고에 나타나 목재 더미를 프레더릭에게 팔 생각을 해본 적은 단 한 번도 없었다고 설명했다. 그는 그런 악당들과 거래하는 것은 자신의 품위를 떨어뜨리는 것이라고 말했다. 반란 소식을 전파하기 위해 계속 외부로 날려 보냈던 비둘기들에게도 이제는 핀치필드 농장 근처에 더 이상 얼씬거리지 말라는 금지령이 내려졌고, 지금까지 사용하던 구호 '인간에게 죽음을!' 대신에 '프레더릭에게 죽음을!'이라는 구호를 사용하라고 명했다.

여름이 끝날 무렵, 스노볼의 또 다른 음모가 드러났다. 밀밭에 잡초가 무성하게 자라고 있었는데, 그것은 스노볼이 밤에 은밀히 숨어들어와 밀 종자에 잡초 씨를 섞어 놓았기 때문으로 밝혀졌다. 이 음모에 가담했던 숫거위 한 마리가 죄를 자백한 후 독이 든 열매를 먹고 자살했다. 이제 동물들은 스노볼이 지금까지 믿고 있었던 것과는 달리 '제1급 동물영웅' 훈장을 받은 적이 없다는 것을 알게 되었다. 그것은 외양간 전투 후에 스노볼 자신이 퍼뜨렸던 전설일 뿐이었다. 그는 훈장을 받기는커녕 전투에서 비겁한 행동을 보였기 때문에 문책을 당했다고 했다. 동물 중 몇몇은 이 말을 듣고 미심쩍게 생각하기도 했지만, 스퀼러는 그들의 기억이 틀렸다고 곧 설득시켜 주었다.

가을이 되어 피땀 어린 노력의 결과로 추수와 동시에 풍차가 완성되었다. 앞으로 풍차 안에 기계를 설치해야 했고 휨퍼가 기계 구입에 대해 협상을 하는 중이었지만, 어쨌든 구조물 자체는 완성되었다. 경험도 없고, 연장도 원시적이었고, 운도 나빴고, 스노볼이 배신을 하는 등 온갖 어려움에도 불구하고 풍차가 완공 예정일에 완성된 것이다! 완전히 녹초가 되었지만, 동물들은 자랑스러운 마음으로 그들의 작품 주위를 빙글빙글 돌았다. 그들 눈에는 처음에 세웠던 풍차보다 훨씬 더 아름다워 보였다. 게다가 벽의 두께도 지난번 풍차의 두 배나 되었다. 이제는 폭파하지 않는 한 그 어떤 것도 풍차를 무너뜨릴 수 없으리라! 자신들이 얼마나 열심히 일했으며 험난한 좌절을 어떻게 딛고 일어섰는지, 풍차의 날개가 돌아 발전기가 가동되면 자신들의 생활에 어떤 변화가 일어날 것인지, 이런 생각을 하자 피로가 씻은 듯이 사라졌다. 그들은 풍차 주변을 돌며 환호성을 지르고 껑충껑충 뛰어다녔다. 나폴레옹도 풍차를 둘러보기 위해 수탉을 앞장세우고 개들의 호위를 받으며 왔다. 그는 친히 동물들의 노고를 치하한 후, 풍차를 '나폴레옹 풍차'라고 명명한다고 발표했다.

이틀 뒤 동물들은 헛간에서 열리는 특별 집회에 소집되었다. 그들은 나폴레옹이 목재 더미를 프레더릭에게 팔았다고 발표했을 때 너무 놀라 어안이 벙벙했다. 이튿날 프레더릭의 마차가 와서 목재를 실어갈 것이라고 했다. 나폴레옹은 필킹턴과 우호 관계를 맺는 척하면서 실제로는 프레더릭과 비밀 계약을 체결했던 것이었다.

폭스우드 농장과의 모든 관계는 단절되었고 필킹턴에게는 모욕적인 서신이 전달되었다. 이제 비둘기들은 폭스우드 농장 근처에는 가지 말라는 명령을 받았고, 구호를 '프레더릭에게 죽음을!'에서 '필킹턴에게 죽음을!'로 바꾸라는 지시를 받았다. 이와 동시에 나폴레옹은 동물농장에 대한 공격이 임박했다는 소문은 헛소문일 뿐이며, 프레더릭이 그의 동물들을 학대하고 있다는 소문 역시 크게 과장된 것이라고 했다. 그런 소문은 아마 스노볼과 그의 첩자들이 만들어 냈을 것이라고 했다. 스노볼은 결국 핀치필드 농장에 숨어 있는 것이 아니라는 것이 밝혀졌고, 사실상 그곳에 한 번도 간 적이 없을 것이라고 했다. 다시 말해 스노볼은 폭스우드에서 호화로운 생활을 하고 있으며, 지난 수년 동안 필킹턴에게 연금을 받으며 살았다는 것이다.

돼지들은 나폴레옹의 교활함에 기뻐 날뛰었다. 나폴레옹이 필킹턴과 사이좋게 지내는 척을 해서 프레더릭에게 목재값을 12파운드나 올려 팔았기 때문이다. 나폴레옹의 뛰어난 두뇌는 그가 아무도, 심지어 거래를 하기로 한 프레더릭조차도 믿지 않았다는 사실에서 드러났다고 스퀼러가 말했다. 프레더릭은 수표라고 하는 지불 약속이 적힌 종이로 목재값을 치르고 싶어 했지만, 나폴레옹은 그가 상대하기에 너무 영리했다는 것이다. 그는 목재를 실어가기 직전 5파운드짜리 지폐로 지불할 것을 요구했다. 결국 프레더릭은 대금은 모두 현금으로 지불했고, 그가 지불한 금액은 풍차에 설치할 기계를 구입하기에 충분했다.

그동안 목재는 신속하게 운반되어 나갔다. 목재를 실어 나르는 일이 끝난 후, 동물들은 프레더릭이 지불한 지폐를 확인하기 위해 다시 한번 헛간에서 집회를 열었다. 나폴레옹은 훈장 두 개를 달고 몹시 흡족한 미소를 지으며 연단 위에 만든 밀짚 침대에 비스듬히 누워 있었다. 돈은 농장 저택 부엌에서 가져온 도자기 접시 위에 가지런히 쌓여 나폴레옹 옆에 놓여 있었다. 동물들은 줄을 서서 그 앞을 천천히 지나가며 지폐를 구경했다. 복서는 지폐에 코를 대고 냄새를 맡았고 그의 콧김에 얇고 흰 지폐들이 바스락거리며 팔랑거렸다.

그로부터 사흘 후 끔찍한 소동이 벌어졌다. 휨퍼가 하얗게 질린 얼굴로 자전거를 타고 달려와 그것을 마당에 내팽개치더니, 쏜살같이 농장 저택으로 뛰어 들어갔다. 곧이어 숨이 콱 막힌 듯한 분노의 고함 소리가 나폴레옹의 방에서 터져 나왔다. 소식은 순식간에 농장 전체에 퍼졌다. 지폐가 위조였다는 것이다! 프레더릭은 돈을 한 푼도 내지 않고 목재를 가져간 것이었다.

나폴레옹은 즉시 동물들을 소집했고 무서운 목소리로 프레더릭에게 사형선고를 내렸다. 그를 생포하면 산 채로 끓는 물에 던져 넣겠다고 말했다. 동시에 그는 이런 배신행위 뒤에는 반드시 그에 걸맞은 응징이 뒤따른다고 경고했다.

하지만 프레더릭과 그의 일당이 오랫동안 준비해 온 공격을 언제 해올지 알 수 없는 일이었다. 농장으로 통하는 모든 길목에 보초가 세워졌다. 또한, 네 마리의 비둘기를 폭스우드 농장에 파견하여 필킹턴과 다시 우호 관계를 맺고 싶다고 전했다.

바로 다음 날 아침, 공격이 시작되었다. 동물들이 아침을 먹고 있을 때 파수꾼들이 뛰어와 프레더릭과 그의 추종자들이 벌써 다섯 개의 빗장이 있는 농장 출입문을 통과했다고 보고했다. 동물들은 용감히 뛰쳐나가 적들과 맞서 싸웠지만, 이번에는 외양간 전투 때처럼 쉽게 승리를 거둘 수 없었다. 적은 열다섯 명이었는데, 그중 대여섯 명이 총을 들고 있었고 50야드 이내에 이르자 일제히 사격을 시작했다. 동물들은 무시무시한 총소리와 함께 빗발치듯 날아오는 총탄을 막아낼 도리가 없었다. 나폴레옹과 복서가 동물들을 필사적으로 격려했지만, 동물들은 뒤로 물러날 수밖에 없었다. 그들 중 상당수가 이미 부상을 당했다. 그들은 농장 건물 안으로 피신하여 벽 틈이나 옹이구멍으로 바깥을 조심스럽게 살펴보았다. 풍차를 포함해 넓은 목초지 전체가 적의 수중에 넘어갔다. 그 순간 나폴레옹조차도 당황하여 어쩔 줄 모르는 것 같았다. 그는 아무 말 없이 꼬리를 빳빳이 세워 흔들며 이리저리 서성댔다. 그리고 뭔가 기다리는 듯한 눈길로 폭스우드 농장 쪽을 바라보았다. 만약 필킹턴과 그의 일꾼들이 도와준다면 아직 승산이 있을 수도 있었다. 그러나 그 순간 전날 보냈던 비둘기 네 마리가 돌아왔고, 그중 한 마리가 필킹턴이 보낸 쪽지를 지니고 있었다. 거기에는 연필로 이렇게 쓰여 있었다. "꼴좋군!"

그러는 사이에 프레더릭과 그의 일당은 풍차 옆에 멈춰 섰다. 동물들은 이들을 지켜보며 절망에 찬 한탄을 늘어놓았다. 남자 두 명이 지렛대와 망치를 꺼내 들었다. 그들은 풍차를 때려 부수려던 참이었다.

"어림도 없소!" 나폴레옹이 외쳤다. "부서지지 않도록 벽을 두껍게 만들었으니까. 일주일이 걸려도 무너뜨리지 못할 것이오. 동지들, 용기를 내시오!"

그러나 벤자민은 남자들의 움직임을 주시하고 있었다. 망치와 지렛대를 든 두 남자는 풍차 아래쪽에 구멍을 뚫고 있었다. 벤자민은 재미있다는 듯 긴 콧등을 천천히 끄덕거렸다.

"그럴 줄 알았어. 저들이 무슨 짓을 하려는지 모르겠어? 곧 저 구멍에 폭약을 넣을 거야."

동물들은 겁에 질린 채 기다렸다. 이제 건물 밖으로 나갈 수도 없었다. 몇 분 뒤, 인간들이 사방으로 달려가는 모습이 보였다. 그러더니 귀가 멎을 듯한 굉음이 들렸다. 비둘기들은 하늘로 날아올랐고, 나폴레옹을 제외한 모든 동물은 배를 깔고 엎드려 땅에 얼굴을 파묻었다. 그들이 다시 일어섰을 때 풍차가 있던 자리에는 거대한 검은 연기가 피어 뭉게뭉게 일고 있었다. 서서히 연기가 바람에 사라졌다. 풍차는 흔적도 없이 사라져버렸다!

동물들은 이 광경을 보자 용기를 되찾았다. 조금 전까지 느꼈던 공포와 두려움은 비열하고 치사한 인간들의 행위에 대한 분노로 바뀌었다. 복수의 함성을 지르며 동물들은 명령을 기다리지 않고 적을 향해 한 몸이 되어 돌진했다. 이번에는 머리 위로 우박처럼 쏟아지는 무시무시한 총알을 겁내지 않았다. 참혹하고 격렬한 전투가 벌어졌다. 인간들은 총을 계속 쏘아 댔고, 동물들이 가까이 접근하자 몽둥이를 휘두르고 묵직한 구둣발로 걷어찼다. 암소 한 마리, 양 세 마리, 거위 두 마리가 죽었고 거의 모든 동물이 부상을 당했다. 심지어 후방에서 전투를 지휘하던 나폴레옹마저도 총을 맞아 꼬리 끝이 잘려나갔다. 그러나 인간들도 무사하지는 않았다. 그들 중 세 명은 복서의 발굽에 차여 머리가 깨졌고, 한 명은 암소의 뿔에 배를 찔렸으며, 또 한 명은 제시와 블루벨의 이빨에 바지가 마구 찢겼다. 그리고 나폴레옹의 호위병들인 개 아홉 마리가 그의 지시에 따라 울타리 그늘로 돌아가서 갑자기 측면에서 나타나 사납게 짖어대자 인간들은 공포에 빠졌다. 그들은 포위될 위험에 빠졌다는 것을 깨달았다. 프레더릭이 일당에게 길이 트였을 때 후퇴하라고 소리를 쳤고, 그 말이 떨어지자마자 겁에 질린 적들은 일제히 도망치기 시작했다. 동물들은 그들을 들판 끝까지 추격했고, 그들이 가시나무 울타리 사이를 헤집고 빠져나갈 때까지 몇 번이고 더 걷어찼다.

　동물들은 승리를 거두었지만, 지치고 피를 흘리고 있었다. 그들은 절뚝거리며 천천히 농장을 향해 돌아가기 시작했다. 풀밭에 죽은 채 누워 있는 동료들의 모습에 몇몇은 눈물을 흘렸다. 그리고 풍차가 있던 자리에서 슬픔에 잠긴 채 말없이 한동안 서 있었다. 그랬다. 풍차는 온데간데없이 사라져버렸다. 피땀 어린 노력의 결과가 흔적도 없이 사라져버렸다! 토대마저도 일부가 파괴되었다. 다시 풍차를 세우더라도 이번에는 지난번처럼 무너진 돌들을 다시 사용할 수도 없었다. 돌들이 사라져버렸기 때문이었다. 폭발의 위력으로 돌들은 수백 미터나 날아가 버렸다. 마치 원래 그 자리에 풍차가 없었던 것처럼 아무것도 남아 있지 않았다.

그들이 다시 농장에 도착하자 전투 중에 이상하게도 모습조차 보이지 않던 스퀼러가 꼬리를 흔들고 만족스러운 듯 미소를 지으며 그들에게 다가왔다. 그리고 농장 건물 쪽에서는 엄숙하게 울리는 총소리가 들려왔다.

"무슨 총소리입니까?" 복서가 물었다.

"우리의 승리를 축하하는 거지요!" 스퀼러가 외쳤다.

"무슨 승리 말인가요?" 복서가 말했다. 그의 무릎에서는 피가 흐르고 있었고, 한쪽 편자가 없어져 발굽이 찢어졌으며, 뒷다리에는 총알이 열두 발이나 박혀 있었다.

"무슨 승리냐니요, 동지? 우리의 신성한 농장으로부터 적을 몰아내지 않았습니까?"

"하지만 그들은 풍차를 박살냈습니다. 우리가 2년 동안이나 피땀 흘려 지은 풍차를 말입니다!"

"그게 무슨 상관인가요? 풍차는 다시 만들면 됩니다. 마음만 먹으면 6개도 세울 수 있어요. 동지, 동지는 우리가 이뤄낸 위대한 승리를 인정하지 않는군요. 적이 우리가 서 있는 바로 이 땅을 점령했었습니다. 그런데 지금은 나폴레옹 동지의 지도력 덕분에 이 땅을 전부 되찾았단 말입니다!"

"원래 우리 것이었던 것을 되찾은 것뿐입니다." 복서가 말했다.

"그게 바로 우리가 거둔 승리입니다." 스퀼러가 말했다.

동물들은 절뚝거리며 마당으로 들어섰다. 복서는 다리에 박힌 총알 때문에 몹시 고통스러워했다. 그는 처음부터 풍차를 다시 건설하는 중노동이 자기 앞에 놓여 있음을 깨달았고, 벌써 마음의 준비를 하기 시작했다. 그러나 처음으로 자신의 나이가 열한 살이고 단단한 근육도 예전 같지 않으리라는 생각이 들었다.

그러나 동물들은 초록색 깃발이 펄럭이는 것을 보고, 축포가 일곱 발이나 울리는 것을 들으며, 나폴레옹이 그들의 용감한 전투를 치하해 주는 연설을 들으면서 비로소 자신들이 큰 승리를 거두었다는 생각이 들었다. 전투에서 목숨을 잃은 동물들의 장례는 엄숙하게 치렀다. 복서와 클로버는 영구차로 꾸민 마차를 끌었고, 나폴레옹은 행렬의 맨 앞에 서서 걸어갔다. 동물들은 이틀 동안 승전 축하행사를 벌였다. 노래를 부르고 연설하고 많은 축포를 쏘아 올렸다. 특별 선물로 모든 동물들에게 사과 한 개, 새들에게 옥수수 2온스, 개들에게 비스킷 세 개가 각각 지급되었다. 이번 전투는 '풍차 전투'라고 부른다고 선포되었으며, 나폴레옹은 자신에게 새로 제정한 '녹색 깃발 훈장'을 수여한다고 발표했다. 즐거운 축하행사 속에서 불행했던 위조지폐 사건은 잊혀졌다.

그로부터 며칠 후 돼지들은 농장 저택 지하실에서 위스키 한 상자를 우연히 발견했다. 처음 이 집을 점령했을 때는 눈에 띄지 않았던 물건이었다. 그날 밤 농장 저택에서 큰 노랫소리가 들려왔는데, 그 노래 중에는 〈영국의 동물들〉의 곡조가 섞여 있었다. 밤 9시 30분경에는 나폴레옹이 존스 씨의 낡은 중절모를 쓰고 뒷문으로 나와 마당을 살펴보더니 다시 집 안으로 사라지는 모습도 목격되었다. 그러나 아침이 되자 농장 저택 주변은 쥐 죽은 듯 조용했다. 돼지 한 마리도 깨어난 기척이 없었다. 9시 무렵 스퀼러가 몽롱한 눈빛으로 꼬리를 축 늘어뜨리고 마치 병이라도 걸린 듯한 모습으로 저택을 걸어 나왔다. 그는 동물들을 소집한 후 중대한 소식을 발표하겠다고 했다. 나폴레옹 동지가 죽어간다는 것이었다!

애통한 울음소리가 터져 나왔다. 동물들은 농장 저택 앞에 짚을 깔아 놓고, 그 위를 살금살금 걸어 다녔다. 그리고 눈물을 글썽이며 만약 자신들의 지도자가 죽으면 어떻게 해야 하느냐고 서로에게 물었다. 결국 스노볼이 나폴레옹의 음식에 독약을 몰래 넣는 데 성공했다는 소문이 퍼졌다. 11시에 스퀼러가 또 다른 발표를 했다. 나폴레옹 동지가 죽기 전 마지막 조치로 술을 마시는 자는 사형에 처한다는 명령을 내렸다는 것이다.

그러나 저녁 무렵에는 나폴레옹이 조금 회복된 것처럼 보였다. 다음 날 아침 스퀼러는 나폴레옹이 빠르게 회복되고 있다고 발표했다. 그날 저녁때쯤 나폴레옹은 다시 집무를 시작했고, 다음 날에는 휨퍼에게 윌링던에 가서 양조와 증류에 대한 책들을 구입해 오라고 지시했다는 사실이 알려졌다. 그로부터 일주일 후 나폴레옹은 과수원 건너편의 작은 방목장을 갈도록 명령했다. 그 목장은 나이가 들어 일할 수 없는 동물들의 여생을 위해 목초지로 남겨둔 땅이었다. 얼마 지나지 않아 나폴레옹이 그곳에 보리를 심을 예정이라는 것이 알려졌다.

이 무렵, 아무도 이해할 수 없는 이상한 사건이 발생했다. 어느 날 밤 12시 즈음에 마당에서 쿵 하는 요란한 소리가 들려왔다. 동물들은 전부 우리 밖으로 뛰쳐나왔다. 달빛이 밝게 비치는 밤이었다. 큰 헛간 한쪽 끝, 일곱 계명이 적혀 있는 벽 밑에 사다리가 두 동강이 난 채 놓여 있었다. 잠시 기절한 스퀼러가 그 옆에 뻗어 있었고, 그의 곁에는 등불과 페인트 붓과 흰 페인트 통이 엎

질러져 나뒹굴었다. 개들은 즉시 스퀼러 주위를 둘러쌌고, 그가 걸을 수 있게 되자 그를 호위하여 농장 저택으로 데려갔다. 동물들은 도대체 이 일이 어떻게 된 일인지 영문을 알 수 없었다. 오직 늙은 벤자민만이 콧등을 끄덕이며 이해하는 체했지만, 아무 말도 하지 않았다.

그러나 며칠 후 뮤리엘은 혼자 일곱 계명을 읽다가 동물들이 잘못 기억하고 있는 계명이 하나 더 있다는 것을 깨달았다. 다섯 번째 계명이 '어떤 동물도 술을 마시면 안 된다'라고 기억하고 있었는데, 그들은 단어 두 개를 잊고 있었다. 실제 계명은 이랬다. '어떤 동물도 술을 '너무 많이' 마시면 안 된다.'

ANIMAL
FARM

09

복서의 찢어진 발굽은 아무는 데 오랜 시간이 걸렸다. 동물들은 승리를 기념하는 축하연이 끝난 다음 날부터 풍차를 다시 건설하기 시작했다. 복서는 하루도 쉬지 않고 일했고, 아픈 모습을 남에게 보이지 않는 것을 명예로운 일이라고 여겼다. 그러나 밤이 되면 클로버에게 발굽이 아파서 못 견디겠다고 살짝 털어놓았다. 클로버는 약초를 씹어서 뜸질 약을 만들었고, 그것을 복서의 발굽에 붙여 주었다. 그녀와 벤자민은 복서에게 너무 무리하지 말라고 조언했다. "말의 허파라고 언제까지나 튼튼할 줄 알아요?" 그녀는 그에게 말했다. 그러나 복서는 그 말에 귀 기울이지 않았다. 자신에게는 단 한 가지 희망이 남아 있는데, 그것은 바로 은퇴하기 전에 풍차가 완성되어 돌아가는 모습을 보는 것이라고 했다.

동물농장의 법률이 처음 제정되었을 초기에는 은퇴 나이를 말과 돼지는 12세, 암소는 14세, 개는 9세, 양은 7세, 암탉과 거위는 5세로 정했다. 노년 연금도 후하게 책정되었다. 실제로 은퇴해서 이 연금을 수령한 동물은 아직 아무도 없었지만, 최근에 이 문제가 자주 거론되었다. 과수원 너머에 있던 작은 밭이 보리밭으로 할당되었으니, 넓은 목초지 한구석을 울타리로 막아 은퇴한 동물들을 위한 방목장으로 사용할 것이라는 소문이 돌았다. 말에게는 하루에 옥수수 5파운드를, 겨울에는 건초 15파운드를 줄 것이고 공휴일에는 당근이나 사과 한 개를 더 지급한다는 말이 있었다. 복서의 열두 번째 생일은 다음 해 늦여름이었다.

한편 생활은 여전히 힘들었다. 그해 겨울은 지난겨울만큼 추웠고, 먹이가 더욱 부족했다. 돼지들과 개들을 제외한 다른 동물들의 식량 배급량이 다시 한번 줄어들었다. 스퀼러는 식량 배급을 지나치게 평등하게 하는 것은 동물주의의 원칙에 위배된다고 설명했다. 어쨌든 그는 겉보기야 어떻든 실제로는 결코 식량이 부족하지 않다는 것을 다른 동물들에게 증명해 보였다. 당분간은 배급량을 재조정할 필요(스퀄러는 한 번도 '감소'라는 표현을 사용하지 않고 '재조정'이라는 표현을 사용했다)가 있지만, 존스 시대와 비교하면 훨씬 상황이 나아진 것이라고 했다. 그는 날카로운 목소리로 빠르게 통계 수치를 읽으며 동물들에게 존스 시대보다 귀리, 건초, 순무가 더 많이 생산되고 있고, 노동 시간은 짧아졌으며, 식수의 품질이 더 우수하고, 수명이 길어졌고, 새끼들의 생존율이 높아졌고, 우리에 짚이 많아졌으며 벼룩은 줄어들었다고 자세하게 설명했다. 동물들은 그의 말을 철석같이 믿었다. 사실상 존스와 그 시대가 상징하는 모든 것은 그들의 기억에서 거의 사라진 상태였다. 물론 그들은 현재 삶이 힘들고 고단하며, 때로 굶주리고 추위에 떨고 있다는 것, 잠을 자지 않을 때는 대부분 일을 한다는 것을 알고 있었다. 그러나 옛날에는 지금보다도 더 비참했을 것이라고 믿었다. 그들은 기꺼이 그렇게 믿고 싶었다. 게다가 그 시절에는 그들은 노예였지만, 지금은 자유를 누리고 있었다. 스퀄러가 늘 지적하듯 그것은 가장 중요한 차이였다.

이제 부양할 식구들이 늘어났다. 가을에 네 마리의 암퇘지가 한꺼번에 새끼를 낳았는데, 그 수가 서른한 마리나 되었다. 이 새끼돼지들은 흑백 점박이들이었는데, 나폴레옹만이 농장에서 유일하게 거세하지 않은 수퇘지였기 때문에 그들의 아비가 누구인지는 쉽게 추측할 수 있었다. 추후에 벽돌과 목재를 구입하면 농장 정원에 교실을 지을 것이라는 발표가 있었다. 교실을 짓기 전까지는 나폴레옹이 농장 저택 부엌에서 새끼돼지들을 교육했다. 새끼돼지들은 정원에서 운동을 했고, 다른 동물의 새끼들과는 어울리지 못하게 했다. 또한, 이 무렵에 돼지들과 다른 동물들이 길에서 마주치면 다른 동물이 길을 비켜서야 하고, 등급과는 무관하게 모든 돼지는 일요일에 특별히 꼬리에 녹색 리본을 맬 수 있다는 규칙이 생겼다.

농장은 꽤 성공적인 한 해를 보냈지만, 여전히 자금난에 시달렸다. 교실을 짓기 위해 벽돌과 모래와 석회를 구입해야 했고, 풍차에 설치할 기계를 구입하기 위해 다시 돈을 저축해야 했다. 또한, 농장 저택에서 사용할 등잔 기름과 초, 나폴레옹의 식탁에 놓을 설탕(그는 다른 돼지들에게는 살이 찐다는 이유로 설탕을 금지했다)을 비롯하여 연장, 못, 끈, 석탄, 철사, 고철, 개들이 먹을 비스킷 등의 일상용품이 필요했다. 건초 한 더미와 수확한 감자 일부를 팔았고, 달걀 판매 계약도 일주일에 600개로 늘어났다. 그해 암탉들은 간신히 지난해와 비슷한 마릿수의 병아리들을 부화시킬 수 있었다. 12월에 삭감되었던 배급량은 2월에 또다시 줄었고, 기름을 절약한다는 이유로 우리에 등불을 밝히는 것을 금지했다. 그러나 돼지들은 매우 편하게 지내는 것 같았고, 실제로 체중이 늘고 있었다. 2월 말의 어느 날 오후, 예전에 맡아 보지 못한 입맛을 돋우는 구수하고 맛있는 냄새가 존스 시절에는 사용되지 않았던 작은 양조장에서 풍겼다. 누군가 그것이 보리 삶는 냄새라고 말했다. 동물들은 굶주린 듯 킁킁대며 그 냄새를 맡았고, 저녁으로 따뜻한 여물이 나오는 게 아닐까 생각했다. 그러나 따뜻한 여물은 나오지 않았고, 오히려 다음 월요일에 이제부터 모든 보리는 돼지들에게만 지급된다고 발표되었다. 과수원 너머의 밭에는 이미 보리가 뿌려졌다. 곧이어 돼지들은 날마다 맥주 1파인트를 배급받으며, 나폴레옹에게는 반 갤런이 할당되어 그것을 늘 만찬용 크라운 더비 수프 그릇에 먹는다는 소문이 돌았다.

이러한 고달픈 일들을 견뎌야 했지만, 현재의 삶이 과거보다 훨씬 품위 있다는 사실이 고통을 덜어주었다. 노래를 더 많이 불렀고, 연설도, 행진도 더 많아졌다. 나폴레옹은 일주일에 한 번씩 '자발적 시위행진'이라는 집회를 열도록 명령했다. 동물농장의 투쟁과 승리를 축하하는 것이 목표였다. 정해진 시간에 동물들은 일을 중단하고 군대식으로 정렬한 후 농장 일대를 행진했다. 돼지들이 선두에 서고 그 뒤에 말, 암소, 양, 닭과 거위, 가금류가 뒤를 따랐다. 개들은 대열의 양쪽 옆을 지켰고, 나폴레옹의 검은 수탉들이 전체 대열을 선두에서 이끌었다. 복서와 클로버는 '나폴레옹 만세!'라는 문구와 발굽과 뿔이 그려져 있는 녹색 깃발을 함께 들고 행진했다. 행진이 끝나면 나폴레옹을 찬양하는 시들이 낭송되고, 스퀼러가 최근 식량 생산 증가를 자세히 설명하는 연설을 했으며, 이따금 축포를 발사하기도 했다. 양들은 자발적 시위행진에 가장 열성적이었는데, 만약 누군가가 이런 것은 시간 낭비이고 추위에 떨며 서 있어야 하는 것뿐이라고 불평이라도 하면(돼지들이나 개들이 주변에 없을 때면 그렇게 말하는 동물들도 몇몇 있었다) '네 다리는 좋고 두 다리는 나쁘다'라고 큰소리로 외치면서 그들의 말문을 막았다. 그러나 동물들은 대체로 이 행사를 즐겼다. 어쨌든 자신들이 농장의 진정한 주인이며, 그들이 하는 일이 농장을 위한 것이라는 생각은 큰 위로가 되었다. 노래와 행진, 스퀼러의 통계 수치, 우렁찬 축포 소리와 수탉의 울음소리, 펄럭이는 깃발을 보면서 그 순간만큼은 배고픔을 잊을 수 있었다.

4월에 동물농장은 공화국으로 선포되었고, 대통령을 선출해야 했다. 후보자는 나폴레옹 한 명뿐이었고, 만장일치로 선출되었다. 바로 그날 스노볼과 존스의 공모 관계를 더 자세히 밝혀주는 문서들이 발견되었다는 발표가 있었다. 동물들이 생각했던 것처럼 스노볼이 전략적으로 외양간 전투에서 패배를 유도했던 것이 아니라, 아예 처음부터 존스 편에 서서 싸웠던 것이 밝혀졌다. 실제로 인간 군대를 지휘하고 '인간 만세!'를 외치며 전투에 뛰어든 것이 그였다는 것이다. 몇몇 동물들이 기억하고 있는 스노볼의 등에 난 상처도 나폴레옹의 이빨에 물어 뜯겨 생긴 것이라고 했다.

여름이 깊어졌을 무렵, 몇 년간 행방을 감추었던 집까마귀 모지스가 갑자기 다시 농장에 나타났다. 그는 조금도 변하지 않았고 일은 여전히 하지 않았으며 예전처럼 '설탕사탕 산'에 대해 떠들었다. 그는 나무 그루터기에 앉아 검은 날개를 퍼덕이며, 자신의 이야기를 들어주는 동물들을 붙잡고 몇 시간씩 이야기를 늘어놓았다. 그는 커다란 부리로 하늘을 가리키며 엄숙하게 말했다. "동지들, 저기 보이는 어두운 구름 반대편에 설탕사탕 산이 있다네. 우리 같은 불쌍한 동물들이 일하지 않고 영원히 편하게 쉴 수 있는 행복한 나라가 있단 말일세!" 그는 심지어 언젠가 높이 하늘을 날았을 때 그곳에 한번 가보았는데, 사시사철 토끼풀이 끝없이 펼쳐져 있는 들판과 아마씨 과자와 각설탕이 울타리에서 자라고 있는 것을 보았다고 했다. 많은 동물이 그의 말을 믿었다. 동물들은 자신들의 현재 삶이 배고프고 고달프다고 생각했고, 어딘가에 이보다 나은 세상이 존재한다고 믿는 것이 과연 잘못된 것인가라는 의문을 품었다.

도무지 이해할 수 없는 것은 모지스에 대한 돼지들의 태도였다. 그들은 설탕사탕 산 이야기가 모두 새빨간 거짓말이라고 경멸조로 말했지만, 모지스에게 일을 시키지도 않고 매일 맥주 한 홉을 주었을 뿐만 아니라 농장에 살도록 허락하였다.

복서는 발굽이 다 낫자 전보다 더 열심히 일했다. 사실 그해에는 모든 동물이 노예처럼 일했다. 농장의 정규 작업과 풍차 재건 작업 외에도 3월부터 시작된 어린 돼지들을 위한 교실 건설 공사도 있었다. 충분히 먹지 못하고 장시간을 일하는 것은 견디기 힘들었지만, 복서는 결코 굽히지 않았다. 그의 말과 행동에서는 체력이 예전만 못하다는 기미가 전혀 없었다. 단지 그의 겉모습만이 약간 달라졌다. 가죽은 예전에 비해 윤기가 덜했고, 큼직한 엉덩이는 살이 좀 빠진 것 같았다. 다른 동물들은 '봄에 새싹이 돋아나면 복서도 기운을 차릴 거야'라고 말했다. 그러나 봄이 왔는데도 복서는 살이 붙지 않았다. 이따금 채석장 꼭대기로 올라가는 경사에서 거대한 돌덩이의 무게를 온 힘을 다해 떠받치고 있을 때, 복서는 일을 계속해야 한다는 의지 하나로 버티고 있는 것처럼 보였다. 그럴 때면 그의 입술은 '내가 좀 더 열심히 일하면 돼'라고 말하는 듯 움직였지만, 목소리가 나오지 않았다. 클로버와 벤자민은 또다시 그에게 건강을 생각하라고 충고했지만, 그는 귀담아듣지 않았다. 그의 열두 번째 생일이 다가오고 있었다. 그는 은퇴해서 연금을 받기 전에 돌을 충분히 쌓아 올리기만 한다면, 그 외의 일은 아무래도 상관없다고 생각했다.

어느 여름날 저녁에 복서에게 무슨 일이 생겼다는 소문이 농장에 순식간에 퍼졌다. 그가 풍차까지 돌무더기를 나르기 위해 혼자 일하러 나갔다가 변을 당했다는 것이었다. 과연 소문은 사실이었다. 몇 분 후, 비둘기 두 마리가 소식을 전하러 날아왔다. "복서가 쓰러졌어요! 옆으로 쓰러져서 일어나지 못해요!"

농장 동물의 거의 절반가량이 풍차가 서 있는 언덕으로 뛰어갔다. 복서가 마차와 굴대 사이에 쓰러져 머리를 들지 못하고 누워 있었다. 그의 눈동자는 흐릿했고 옆구리가 온통 땀에 젖어 있었다. 입에서는 가느다란 핏줄기가 흘러나왔다. 클로버는 그의 옆에 무릎을 꿇고 앉았다.

"복서! 어떻게 된 거예요?"

"폐를 다쳤어." 복서가 힘없이 말했다. "하지만 괜찮소. 내가 없어도 풍차 공사는 끝낼 수 있을 거요. 돌을 꽤 많이 모아놨어요. 어차피 난 한 달밖에 남지 않았소. 사실은 은퇴하기를 기다려 왔다오. 벤자민도 나이가 들었으니 함께 은퇴하게 해준다면 친구처럼 지낼 수 있을 거요."

"당장 도움을 구해야 해요." 클로버가 말했다. "누구든 빨리 가서 스퀼러에게 보고해요."

그러자 다른 동물들은 일제히 농장 저택으로 달려가서 스퀼러에게 소식을 전했다. 클로버와 벤자민만이 복서 곁에 남아 있었다. 벤자민은 복서 옆에 앉아서 아무 말 없이 긴 꼬리로 파리를 쫓아주었다. 15분쯤 후 스퀼러가 동정과 걱정이 가득 찬 표정을 지으며 나타났다. 그는 나폴레옹 동지가 농장에서 가장 충성스러운 일꾼 중 하나인 복서에게 이처럼 불행한 일이 일어난 것에 대해 매우 상심하고 있으며, 윌링던에 있는 병원에서 치료받을 수 있도록 이미 조치를 취했다고 했다. 동물들은 이 말을 듣자 약간 불안해지기 시작했다. 몰리와 스노볼을 제외하고는 어떤 동물도 농장을 떠난 적이 없었다. 게다가 몸이 아픈 동지를 인간의 손에 맡긴다는 것이 내키지 않았다. 그러나 스퀼러는 윌링던의 수의사가 농장에서보다 복서를 훨씬 잘 치료해줄 수 있다고 동물들을 설득했다. 약 30분 후 복서는 다소 회복이 되어 간신히 발을 딛고 일어서서 마구간으로 돌아왔다. 클로버와 벤자민은 그를 위해 짚으로 만든 푹신한 침대를 준비해 두었다.

그 후 이틀 동안 복서는 마구간에서 쉬었다. 돼지들은 그에게 욕실 약장 속에서 찾아낸 커다란 분홍색 약을 한 병 보냈다. 클로버는 그것을 하루에 두 번씩 식후에 복서에게 먹였다. 밤이 되면 클로버는 복서의 마구간에 남아 그와 이야기를 나누었고, 벤자민은 주변의 파리를 쫓아주었다. 복서는 이번 일이 유감스럽지 않다고 말했다. 그는 완쾌하면 아직 3년 정도는 더 살 것이고, 큰 목초지 한구석에서 여생을 편안하게 보낼 것을 기대하고 있다고 말했다. 그렇게만 된다면 태어나서 처음으로 공부도 하고 마음을 수양할 시간도 갖게 될 것이었다. 그는 여태껏 외우지 못한 알파벳의 나머지 스물두 자를 암기하면서 여생을 보낼 것이라고 말했다.

한편, 벤자민과 클로버는 작업 시간이 끝난 후에만 복서와 함께 있을 수 있었는데, 한낮에 복서를 실어갈 마차가 농장에 왔다. 동물들은 모두 돼지 한 마리의 감독 하에 순무밭의 잡초를 뽑는 작업을 하고 있었다. 바로 그때 벤자민이 농장 건물 쪽에서 큰 소리를 내지르며 뛰어오는 것을 보고 동물들은 깜짝 놀랐다. 그들은 벤자민이 그렇게 흥분한 것을 본 적이 없었다. 사실 그가 전속력으로 달리는 것을 본 것도 처음이었다. "빨리, 빨리! 빨리들 와! 그들이 복서를 데려가고 있어!" 돼지들의 지시가 떨어지기도 전에 동물들은 즉시 일을 멈추고 농장 건물을 향해 달려갔다. 아니나 다를까 마당에 말 두 마리가 끄는 커다란 유개마차가 서 있었고, 마차 옆에는 무슨 글씨가 씌어 있었다. 마부석에는 나지막한 중절모자를 쓴 교활한 인상의 한 남자가 앉아 있었다. 복서의 마구간은 텅 비어 있었다.

동물들은 마차 주위에 몰려들었다. "잘 가요, 복서!" 그들은 입을 모아 말했다. "잘 가요!"

"이런 바보들! 바보들 같으니라고!" 벤자민은 그들 주위를 뛰어다니며 작은 발굽으로 땅을 구르며 소리쳤다. "이 어리석은 녀석들아! 마차 옆에 뭐라고 쓰였는지도 모르겠어?"

동물들은 그 말을 듣고 잠시 조용해졌다. 뮤리엘이 글자를 한 자씩 더듬더듬 읽기 시작했다. 벤자민은 그녀를 밀치고는 쥐 죽은 듯 조용한 가운데 글자를 소리 내어 읽기 시작했다.

"앨프리드 시몬스, 폐마 도살 및 아교 제조업, 윌링던. 피혁과 골재 매매, 개집 제공. 저게 무슨 뜻인지 모르겠어? 복서를 폐마 도축업자에게 넘겨주는 거란 말이야!"

동물들로부터 일제히 공포에 찬 비명이 터져 나왔다. 그때 마부석에 있던 남자가 말에 채찍질을 했고, 마차는 빠른 속도로 마당을 빠져나갔다. 동물들은 모두 있는 힘을 다해 소리치며 마차를 쫓아갔다. 클로버는 다른 동물들을 밀치고 맨 앞으로 달려 나왔다. 마차가 속도를 내기 시작했다. 클로버는 뚱뚱한 네 다리로 있는 힘을 다해 뛰어 보았지만 겨우 구보(驅步) 정도의 속력밖에 낼 수 없었다. "복서!" 그녀가 외쳤다. "복서! 복서! 복서!" 그때 바깥의 소동을 듣기라도 한 듯 코 밑에 줄무늬가 있는 복서의 얼굴이 마차 뒤쪽의 작은 창문에 나타났다.

"복서!" 클로버가 겁에 질린 목소리로 외쳤다. "복서! 어서 나와! 빨리 뛰어내려! 널 데려가서 죽이려고 한단 말이야!"

모든 동물이 일제히 "뛰어내려요, 복서! 어서요!"라고 외쳤다. 그러나 마차는 이미 속도를 내 그들로부터 점점 멀어졌다. 복서가 클로버의 말을 알아들었는지 알 수가 없었다. 그러나 잠시 후 그의 얼굴이 창문에서 사라지더니 마차 안에서 쿵쿵거리는 발길질 소리가 들렸다. 복서가 발로 마차를 부수고 나오려고 하고 있었다. 예전 같으면 발길질 서너 번만 해도 마차가 산산조각이 났을 것이다. 그러나 어쩌겠는가! 그에게는 이제 힘이 없었다. 잠시 후 쿵쿵거리던 발길질 소리가 점차 희미해지더니 완전히 사라져버렸다. 동물들은 마차를 끌고 가던 말 두 마리에게 멈춰 달라고 필사적으로 애원하기 시작했다. "동지들! 동지들!" 그들은 외쳤다. "당신의 형제를 죽음으로 데려가지 말아요!" 그러나 무식한 그 짐승들은 영문도 모른 채 그저 귀를 뒤로 젖히고 속력을 낼 뿐이었다. 복서의 얼굴은 창문에 다시 나타나지 않았다. 누군가가 먼저 정문으로 달려가 다섯 개의 빗장으로 된 문을 닫으면 된다는 생각을 했지만, 이미 늦었다. 마차는 곧장 출입문을 빠져나가 빠르게 도로 아래쪽으로 사라져버렸다. 그 후 복서를 다시는 볼 수 없었다.

사흘 뒤 복서가 윌링던에 있는 병원에서 말이 받을 수 있는 모든 치료를 받았지만 끝내 사망했다고 발표되었다. 스퀼러가 이 소식을 동물들에게 전하러 왔다. 그는 복서가 죽기 전 몇 시간 동안 그의 곁에 있었다고 말했다.

　"내 평생 가장 감동적인 순간이었습니다!" 스퀼러는 앞다리를 들어 눈물을 닦으며 말했다. "나는 그가 숨을 거둘 때까지 그의 머리맡에 있었습니다. 복서는 말할 기운이 거의 없는 마지막 순간에도 내 귀에 대고 풍차가 완성되는 것을 보지 못하고 눈을 감는 것이 슬플 뿐이라고 속삭였습니다. 그는 '동지들! 전진합시다. 반란의 이름으로 전진합시다! 동물농장 만세! 나폴레옹 동지 만세! 나폴레옹 동지는 언제나 옳습니다!'라고 말했습니다. 그것이 그의 마지막 유언이었습니다, 동지들."

　여기서 스퀼러의 태도가 갑자기 달라졌다. 그는 잠시 입을 다물더니, 눈동자를 굴리며 수상하다는 듯 이리저리 살펴보며 다시 말을 이었다.

　그는 복서가 실려 나갈 때 어리석고 고약한 소문이 나돌았다는 소식을 알게 되었다고 했다. 몇몇 동물들이 복서를 싣고 간 마차에 '폐마 도살업'이라고 쓰인 것을 보고, 그가 폐마 도축업자에게 넘겨진 것이라고 성급하게 결론을 내렸다고 했다. 동물 중에 그런 어리석은 생각을 하는 자가 있다니 믿을 수가 없다고 했다. 스퀼러는 화가 나서 꼬리를 흔들며 이리저리 뛰면서 소리를 질렀다. 친애하는 나폴레옹 동지를 겨우 그렇게밖에 생각할 수 없느냐는 것이었다. 그의 설명은 매우 간단했다. 복서를 실어 간 그 마차는 원래 폐마 도축업자의 것이었는데, 수의사가 그 마차를 구입한 후에 미처 예전 이름을 지우지 못했다는 것이었다. 스퀼러는 그렇게 해서 오해가 생긴 것이라고 했다.

　동물들은 그 말을 듣고 크게 안심했다. 스퀼러가 복서의 임종 모습을 그림 그리듯 생생하게 설명해 주면서, 그가 따뜻하게 보살핌을 받았고 나폴레옹이 비용을 아끼지 않고 값비싼 약을 쓰게 해주었다고 설명하자 동물들의 마지막 의심이 사라졌다. 또한, 그들의 동지가 행복하게 임종을 맞았다는 생각에 슬픔도 조금씩 가라앉았다.

　나폴레옹은 그다음 일요일 아침에 직접 집회에 참석해서 복서를 기리는 짤막한 연설을 했다. 안타깝게도 동지의 유해를 농장에 가져와 묻는 것은 불가능하지만, 농장 저택 마당에 있는 월계수로 큰 화환을 만들어 복서의 무덤에 갖다 놓으라고 명령했다고 했다. 그리고 며칠 후에 돼지들이 복서의 죽음을 애도하는 추도회를 열 계획을 세우고 있다고 했다. 나폴레옹은 복서가 즐겨 말하던 두 개의 구호 '내가 좀 더 일하면 돼'와 '나폴레옹 동지는 언제나 옳다'에 대해 상기시키고, 동물들이 각자 이 두 가지를 좌우명으로 삼으면 좋을 것이라고 말하며 연설을 끝맺었다.

　추도회 날이 되자 윌링던에서 식료품점 마차가 도착해 농장 저택에 큰 나무 상자를 내려놓고 갔다. 그날 밤 요란한 노랫소리가 들려왔고 이어서 격렬한 다툼 소리가 들리다가 열한 시쯤 유리그릇이 와장창 깨지는 소리가 들리더니 잠잠해졌다. 다음 날 점심 때까지 농장 저택 근처에는 아무도 보이지 않았다. 그런데 돼지들이 어딘가에서 돈을 마련해 위스키 한 상자를 샀다는 소문이 나돌았다.

ANIMAL
FARM

10

그리고 몇 해가 흘렀다. 계절이 여러 번 바뀌었고, 동물들의 짧은 삶은 덧없이 빠르게 흘러갔다. 클로버, 벤자민, 집까마귀 모지스, 그리고 몇몇 돼지들을 제외하고는 이제 반란 전의 옛 시절을 기억하는 동물이 아무도 없었다.

뮤리엘은 죽었고 블루벨, 제시, 핀처도 죽었다. 존스도 죽었다. 그는 영국 땅 어딘가에 있는 알코올 중독자 수용소에서 눈을 감았다. 스노볼은 기억에서 사라졌다. 복서에 대한 기억도 그를 알던 몇몇을 제외하고는 사라져버렸다. 클로버는 이제 늙고 살찐 암말이 되었다. 관절이 뻣뻣해지고 눈에는 눈곱이 끼었다. 그녀는 은퇴 나이를 2년이나 넘겼고, 그녀 외에도 은퇴할 나이에 실제로 은퇴를 한 동물이 한 마리도 없었다. 나이 들어 은퇴한 동물들을 위해 목초지 일부를 마련해 주겠다는 이야기는 이미 오래전에 사라져버렸다. 나폴레옹은 이제 몸무게가 24스톤(약150킬로그램)이나 되는 장년의 수퇘지가 되었다. 스퀼러는 너무 뚱뚱해져서 눈을 제대로 뜨기도 힘들 정도였다. 벤자민 영감만이 예나 지금이나 비슷했다. 콧등 부분이 조금 더 희끄무레해지고 복서가 죽은 후로는 전보다 더 시무룩해지고 무뚝뚝해졌을 뿐 달라진 점이 거의 없었다.

이제 농장에는 초창기에 기대했던 만큼은 아니지만, 식구가 꽤 많이 늘어나 있었다. 새로 태어난 많은 동물에게는 반란은 단지 입으로만 전해지는 전설 같은 것에 불과했으며, 다른 곳에서 팔려온 동물들은 이곳에 오기 전까지 그런 이야기를 한 번도 들어본 적이 없었다. 이제 농장에는 클로버 외에도 말이 세 마리가 더 있었다. 그들은 몸이 늘씬하고 일도 잘하는 괜찮은 동지들이었지만, 머리는 무척 우둔했다. 그들 중 누구도 영어 알파벳의 B자 이상을 배울 수 없었다. 그들은 반란과 동물주의의 원리에 대한 이야기를 전부 그대로 받아들였다. 특히 어머니처럼 존경하는 클로버가 하는 말이면 무조건 믿었다. 그러나 그들이 과연 그 이야기를 얼마나 이해했는지조차 의심스러웠다.

농장은 이제 더 번창하고 잘 조직되어 있었다. 필킹턴으로부터 사들인 밭 두 군데가 더해져 규모가 훨씬 커졌다. 풍차도 마침내 성공적으로 마무리했고, 탈곡기와 건초 운반기 외에도 건물을 여러 채나 새로 지었다. 휩퍼 씨도 이륜마차를 사서 타고 다녔다. 풍차는 결국 발전용으로는 사용되지 못했지만, 곡물을 빻는 데 이용되어 상당한 이윤을 남겼다. 동물들은 또 다른 풍차를 세우기 위해 열심히 일했다. 그 풍차가 완성되면 발전기가 설치될 것이라고 했기 때문이었다. 그러나 스노볼이 동물들에게 한때 불어넣었던 꿈같은 사치, 즉 전등이 들어오고 냉온수 시설이 갖춰진 축사, 1주일에 사흘만 일한다는 말은 이제 아무도 입에 담지 않았다. 나폴레옹은 그런 사고방식이 동물주의 정신에 어긋난다고 비난했다. 그는 참된 행복은 열심히 일하고 검소하게 사는 데 있다고 말했다.

농장은 부유해진 것 같았지만 동물들은 예전보다 조금도 풍족한 것 같지 않았다. 물론 돼지들이나 개들을 제외였다. 이것은 어쩌면 돼지들과 개들의 수가 크게 늘어난 탓인지도 모른다. 이들도 나름대로 자신들의 일을 했다. 스퀼러가 늘 말하듯, 농장을 감독하고 조직하는 일은 끝이 없었다. 이런 일을 무식한 동물들로서는 도저히 이해할 수 없는 것이 대부분이었다. 예를 들어 스퀼러는 돼지들이 매일 '서류', '보고서', '회의록', '비망록'이라고 부르는 수수께끼 같은 업무를 하는 데 엄청난 노력을 기울이고 있다고 했다. 이런 것들은 글씨가 빽빽하게 적혀 있는 큰 종이인데, 글씨가 다 채워지면 즉시 아궁이에 태워버린다고 했다. 바로 이것이 농장의 복지에 가장 중요한 것이라고 말했다. 그러나 돼지들과 개들은 몸소 일해 식량을 생산하지 않았다. 그러나 그들은 수가 너무 많았고 식욕도 왕성했다.

반면, 다른 동물들의 삶은 그들이 알고 있는 한 예나 지금이나 달라진 점이 없었다. 그들은 늘 배가 고팠고 짚 위에서 잠을 잤고 웅덩이에서 물을 마시고 들판에서 일했다. 겨울에는 추위로 고생했고 여름에는 파리에 시달렸다. 그들 중 나이가 많은 몇몇 동물들은 가끔 자신들의 흐릿한 기억을 더듬어 존스가 쫓겨난 직후인 반란 초기에 지금보다 사정이 더 좋았는지 더 나빴는지를 판단해 보려고 애썼다. 그러나 도무지 기억이 나지 않았다. 현재 삶과 비교할 만한 대상이 전혀 없었다. 스퀼러가 발표하는 통계 수치 외에는 근거로 삼을 자료가 전혀 없었으며, 그 숫자는 늘 모든 것이 점점 좋아지고 있다는 사실만을 보여주었다. 그것은 동물들이 도저히 해결할 수 없는 문제였다. 어쨌든 그들은 이런 문제에 대해 생각해 볼 시간이 없었다. 벤자민 영감만이 자신의 오랜 생애에 걸쳐 일어난 모든 일을 기억한다고 했으며, 농장의 상황은 옛날보다 더 좋아지지도 나빠지지도 않았으며, 앞으로도 변하지 않을 것이라고 했다. 그에 따르면 굶주림과 고통과 실망은 삶의 불변의 법칙이라는 것이다.

그래도 동물들은 희망을 버리지 않았다. 오히려 그들은 자신들이 동물농장의 일원이라는 명예와 특권을 단 한 순간도 잊지 않았다. 이 농장은 영국 땅 전체에서 동물들이 운영하는 유일한 농장이었다. 그들 중 누구도, 심지어 새끼 동물이나 혹은 10마일이나 20마일 떨어진 농장에서 들여온 신참 동물들마저도 이 사실에 경탄을 마지않았다. 축포 소리를 듣고 녹색 깃발이 게양대에서 휘날리는 모습을 볼 때면 그들의 마음은 자부심으로 가득 찼고, 항상 그 옛날 영웅적 시절로 돌아가 존스를 추방하고 일곱 계명을 만들어 침략자 인간들을 물리쳤던 위대한 전투에 대해 이야기했다. 옛날에 꾸었던 꿈은 어느 것 하나도 버리지 않고 간직했다. 그들은 메이저 영감이 예언하였듯 영국의 푸른 들판 전역이 인간들의 구둣발에 의해 짓밟히지 않는 동물 공화국이 건설되리라 아직도 굳게 믿고 있었다. 언젠가 반드시 그날이 찾아올 것이다. 지금 바로 오지는 않을지도 모른다. 지금 있는 동물들이 살아 있는 동안에는 오지 않을지도 모르지만, 반드시 언젠가는 그 날이 올 것이다. 동물들은 〈영국의 동물들〉을 남몰래 부르곤 했다. 아무도 감히 큰 소리로 부르지는 않았지만, 농장의 모든 동물이 그 노래를 알고 있는 것은 분명한 사실이었다. 삶이 고달프고 그들의 꿈이 모두 이루어진 것은 아니었지만, 그들은 자신들이 다른 동물들과는 다르다고 느꼈다. 비록 굶주리더라도 그것은 포악한 인간들을 먹여 살리기 위해서가 아니었으며, 열심히 일하는 것도 적어도 자신을 위해서 하는 것이었다. 그들 중 누구도 두 다리로 걷지 않았다. 그 누구도 다른 동물을 '주인님'이라고 부르지 않았다. 모든 동물은 평등했다.

어느 초여름 날, 스퀼러가 양들에게 자신을 따라오라고 명령하고는, 농장 끝쪽 어린 자작나무가 무성하게 자란 황무지로 그들을 데려갔다. 양들은 그곳에서 스퀼러의 감독 하에 하루 종일 나뭇잎을 뜯어 먹었다. 저녁 무렵 스퀼러는 날씨가 따뜻하니 양들에게 그곳에 있으라고 말하고 혼자 농장 저택으로 돌아갔다. 양들은 일주일 내내 그곳에 격리되어 있었고, 그동안 다른 동물들은 양들을 볼 수 없었다. 스퀼러는 매일 대부분의 시간을 양들과 함께 보냈다. 그는 양들에게 새로운 노래를 가르쳐 주면서 그것을 비밀로 해야 한다고 말했다.

양들이 돌아온 직후 어느 상쾌한 저녁 동물들이 하루 일을 마치고 농장 건물로 돌아오고 있었다. 그런데 바로 그때 소스라치게 놀란 듯한 말 울음소리가 마당에서 들려왔다. 동물들은 깜짝 놀라 그 자리에서 멈춰 섰다. 그것은 클로버가 지르는 소리였다. 그녀가 또다시 울부짖자 동물들은 모두 마당으로 달려갔다. 그리고 클로버가 봤던 광경이 그들의 눈에도 들어왔다.

돼지 한 마리가 두 발로 서서 걷고 있었다.

그렇다. 그것은 스퀼러였다. 큰 몸집을 두 다리로 지탱하는 것이 익숙하지 않은 듯 약간 어색했지만 완벽하게 균형을 잡고 마당을 천천히 가로지르고 있었다. 그리고 잠시 후 농장 저택 문에서 돼지들이 길게 줄을 지어 나왔는데, 모두 뒷다리로 서서 걷고 있었다. 어떤 돼지들은 다른 돼지들보다 잘 걸었고, 한두 마리는 자세가 위태로워 지팡이를 짚었으면 하는 것 같기도 했지만 대부분 성공적으로 마당을 걸어 다녔다. 그리고 마지막으로 사납게 짖어대는 개들의 울음소리와 날카로운 수탉의 울음소리가 들리더니 나폴레옹이 좌우로 오만한 시선을 던지며 위풍당당하게 나타났다. 개들이 그 주위를 껑충껑충 뛰어다녔다.

나폴레옹은 앞발에 채찍을 들고 있었다.

그 순간 사방은 쥐 죽은 듯이 고요했다. 소스라치게 놀라고 공포에 질린 동물들은 한자리에 모여 돼지들이 긴 행렬을 지어 마당을 천천히 행진하는 모습을 바라보았다. 마치 온 세상이 뒤집힌 것 같았다. 충격이 가라앉자 동물들은 개에 대한 공포심에도 불구하고, 무슨 일이 있어도 결코 불평하거나 비판하지 않던 오랜 세월 몸에 밴 습관에도 불구하고 항의를 하려고 했다. 그러나 바로 그 순간 신호를 받은 것처럼 양들이 일제히 목청을 높여 소리 지르기 시작했다.

'네 다리는 좋고 두 다리는 더 좋다! 네 다리는 좋고 두 다리는 더 좋다! 네 다리는 좋고 두 다리는 더 좋다!'

이 외침은 5분 동안이나 쉬지 않고 계속되었다. 양들이 조용해졌을 때는 돼지들이 농장 저택으로 돌아간 뒤여서 항의할 기회도 놓쳐 버렸다.

벤자민은 누군가가 자신의 어깨에 코를 문지르는 것을 느꼈다. 돌아보니 클로버였다. 늙은 그녀의 눈은 전보다 더 흐릿해 보였다. 그녀는 아무 말 없이 벤자민의 갈기를 끌고 일곱 계명이 적혀 있는 큰 헛간 끝쪽으로 데려갔다. 그들은 잠시 흰 글씨가 쓰여 있는 타르 벽을 바라보며 서 있었다.

마침내 클로버가 입을 열었다. "난 시력이 나빠지고 있어. 하긴 젊었을 때도 저기 쓰인 글을 읽을 수는 없었지만. 그런데 저 벽이 뭔가 달라진 것처럼 보여. 벤자민, 일곱 계명은 예전이랑 똑같아?"

벤자민은 처음으로 자신만의 규칙을 깨뜨리고 벽에 적힌 것을 큰 소리로 클로버에게 읽어주었다. 벽에는 단 하나의 계명만 남아 있었다.

모든 동물은 평등하다.
그러나 어떤 동물은 다른 동물보다 더 평등하다.

다음 날부터 농장 작업을 감독하는 돼지들이 모두 앞발에 채찍을 갖고 있었지만, 그것은 이상해 보이지 않았다. 돼지들이 라디오를 구입하고 전화를 신청하고 〈존불〉, 〈팃빗츠〉, 〈데일리 미러〉 같은 신문과 잡지를 정기 구독하기로 했다는 것도 조금도 이상하게 느껴지지 않았다. 나폴레옹이 담배를 입에 물고 농장 저택 정원을 산책하는 모습도 이상하다는 느낌이 들지 않았다. 그렇다, 이상하지 않았다. 돼지들이 존스의 옷을 옷장에서 꺼내 입어도, 나폴레옹이 검은색 코트에 반바지 사냥복을 입고 가죽 각반을 차고 나타나도, 그가 귀여워하는 암돼지가 존스 부인이 일요일에 입던 물결무늬 비단옷을 입고 나타나도 조금도 이상해 보이지 않았다.

그로부터 일주일이 지난 어느 날 오후, 이륜마차 여러 대가 농장으로 들어왔다. 이웃 농장의 주인들로 구성된 대표단이 동물농장을 시찰하도록 초대된 것이었다. 그들은 농장을 구석구석 살펴보며 보는 것마다 칭찬을 아끼지 않았다. 특히 풍차를 보고 찬사를 보냈다. 동물들은 순무밭에서 잡초를 뽑고 있었다. 그들은 땅에서 열심히 일하느라 고개도 거의 들지 않았다. 그들은 돼지들과 인간 방문객 중 누가 더 무서운지 알 수 없었다.

그날 밤 농장 저택에서 왁자지껄한 웃음소리와 떠나갈 듯한 노랫소리가 흘러나왔다. 돼지 소리와 사람 소리가 뒤섞여 나오자, 동물들은 갑자기 호기심이 발동했다. 처음으로 동물들과 인간들이 평등한 관계로 만나고 있는 저 안에서 과연 무슨 일이 일어나고 있을까? 그들은 함께 모여 저택 정원으로 살금살금 다가갔다.

문 앞에 도착한 그들은 들어가기가 겁이 나서 걸음을 멈췄지만, 클로버가 앞장서서 안으로 들어갔다. 그들은 클로버를 따라 살금살금 집 안에 다가갔고, 키가 큰 동물들은 식당 창문으로 방 안을 들여다보았다. 농장주 여섯 명과 고위층 돼지 여섯 마리가 길다란 식탁을 둘러싸고 앉았고, 나폴레옹은 상석에 앉아 있었다. 의자에 앉아 있는 돼지들의 모습이 아주 자연스러워 보였다. 그들은 카드놀이를 하다가 축배를 들기 위해 잠깐 쉬는 중이었다. 커다란 항아리가 돌았고 잔에는 맥주가 가득 채워졌다. 동물들이 창문으로 안을 들여다보고 있다는 사실을 아무도 눈치채지 못했다.

폭스우드 농장의 필킹턴 씨가 한 손에 잔을 들고 일어섰다. 그는 일동에게 잠시 후 건배를 청하기 전에, 먼저 꼭 할 말이 있다고 했다.

필킹턴은 이 자리에 모인 모든 이들과 마찬가지로 오랜 세월 쌓여온 불신과 오해가 풀린 것이 기쁘기 그지없다고 했다. 그리고 자신을 포함하여 이 자리에 있는 이들은 그런 생각을 한 적이 없지만, 한때 동물농장 이웃에 사는 인간들은 이 농장의 존경스러운 경영자들에게 적대감 혹은 의혹의 눈길을 보낸 적이 있었다고 말했다. 불행한 사건들도 일어났고, 서로 간에 오해도 있었으며, 돼지들이 소유하고 경영하는 농장이란 것이 어딘가 비정상적이며 이웃들에게 불안감을 줄 수 있다고 느낀 적이 있었다고 했다. 많은 농장주가 정확히 알아보지도 않고 동물농장에 방종과 무질서가 판을 친다고 생각했다고도 했다. 그들은 자기들이 부리고 있는 동물들이나 일꾼들에게 나쁜 영향을 미치지 않을까 불안했으나, 이 모든 의심은 이제 말끔히 해소되었다고 했다.

오늘 자신과 친구들이 동물농장을 방문하여 농장 구석구석을 자세히 살펴보았는데, 무엇을 발견했을까? 바로 최신 경영 방식과 모든 농장주에게 모범이 될 만한 규율과 질서를 발견했다. 그는 동물농장의 하층 동물들은 이 나라의 어떤 동물들보다도 일은 더 많이 하면서 식량은 적게 배급받고 있다고 말했다. 실제로 자신을 비롯한 일행 모두는 오늘 관찰한 많은 방법을 자신의 농장에도 즉시 도입할 생각이라고 했다.

그는 동물농장과 이웃 농장들 사이에 현재 유지하고 있고, 앞으로도 유지해야 하는 우정을 다시 한번 강조하면서 인사를 맺겠다고 말했다. 사실 돼지들과 인간들 사이에는 지금껏 이해관계로 인한 충돌이 한 번도 없었으며, 앞으로도 그런 일은 없을 것이라고 단언했다. 그들은 공통의 어려움이나 문제점을 겪고 있기 때문이다. 노동 문제란 어디를 가나 마찬가지 아닌가? 여기서 필킹턴 씨는 신경 써서 준비한 재치 있는 말을 좌중에 털어놓으려고 했지만, 말을 꺼내기도 전에 터져 나오는 웃음 때문에 쉽사리입이 떨어지지 않는 듯했다. 그는 웃음을 참느라 겹진 턱이 벌겋게 달아오를 정도였다. 그리고는 간신히 말을 꺼냈다. "여러분들이 다루어야 할 하층 동물들이 있다면, 우리 인간들에게도 다루어야 할 하층 계급이 있습니다!" 그의 이 재치 있는 말을 듣고 좌중은 떠나갈 듯 웃었다. 필킹턴은 동물농장에서 관찰한 적은 양의 식량 배급, 긴 노동 시간, 전반적인 자유의 구속에 대해 다시한번 찬사를 보냈다.

그런 뒤 그는 마지막으로 모두가 일어나 건배를 하자고 말했다. "신사 여러분, 여러분을 위해 건배합니다. 동물농장의 번영을 위하여!"

열광적인 환호와 발 구르는 소리가 들려왔다. 나폴레옹은 대단히 만족하며 자리에서 일어나 식탁을 돌아 필킹턴 씨와 잔을 부딪친 후 술을 들이켰다. 환호가 가라앉자 두 다리로 서 있던 나폴레옹이 자신도 한마디 하겠다고 말했다.

늘 그렇듯 나폴레옹의 연설은 간단명료했다. 그는 자신 또한 오해의 시기가 끝나서 기쁘다고 말하며, 자신과 동료들의 견해가 파괴적이고 혁명적이라는 소문이 오랫동안 떠돌았는데 그것은 악의를 품은 적들이 퍼뜨린 것이라고 했다. 자신들이 이웃 농장의 동물들을 선동해 반란을 일으키려고 했다는 오해를 받았지만, 이것은 결코 사실이 아니다. 과거에도 그랬듯 지금도 그들의 유일한 소망은 이웃 농장들과 정상적인 거래를 하며 평화롭게 살아가는 것이다. 그는 자신이 영광스럽게도 관리를 맡게 된 이 농장은 협동기업이라는 말을 덧붙였다. 부동산 권리증서는 자신이 보관하고 있지만, 돼지들이 공동 소유하고 있다는 것이다.

나폴레옹은 과거의 의혹이 아직도 남아 있다고는 믿지 않지만, 최근 이 농장의 일상 규정을 조금 바꾸었으며, 이는 이웃 농장들과의 신뢰 관계를 증진하는 효과를 낼 것이라고 했다. 지금까지 이 농장의 동물들은 서로를 '동지'라고 부르는 바보 같은 습관을 지켜 왔는데, 앞으로는 금지될 것이다. 또한, 일요일 아침마다 기둥에 못을 박아 걸어 놓은 수퇘지의 두개골 앞을 행진하는 기원을 알 수 없는 괴상한 관습 역시 금지될 것이며, 두개골을 이미 땅속에 묻었다. 방문객들은 게양대에서 휘날리던 깃발을 보았을 것이다. 전에 그려져 있던 흰 발굽과 뿔 모양은 이미 지워졌으며, 앞으로는 아무것도 그려져 있지 않은 단순한 녹색 깃발이 될 것이다.

그는 필킹턴 씨의 훌륭하고 우호적인 연설에 대해 한마디만 지적하겠다고 말했다. 필킹턴 씨는 계속 '동물농장'이라는 이름을 사용했는데, 물론 이곳의 정식 명칭을 모르는 것이 무리는 아니다. 왜냐하면 자신이 지금에서야 처음으로 이 말을 발표하는 것이기 때문이다. 이제부터 '동물농장'이라는 이름은 폐지될 것이며, 앞으로 농장은 '장원농장'이라고 불릴 것이다. 이것이 농장의 본래 이름이다.

"신사 여러분!" 나폴레옹은 연설을 마무리하며 말했다. "조금 전처럼 나도 건배를 하고 싶습니다. 하지만 이번에는 다른 건배사로 하겠습니다. 잔을 가득 채워 주십시오. 자, 여러분, 건배합시다. 장원농장의 번영을 위하여!"

이번에도 아까와 똑같이 박수갈채가 터져 나왔다. 술잔은 말끔하게 비워졌다. 그러나 밖에 있는 동물들은 뭔가 이상한 일이 벌어지고 있음을 느꼈다. 돼지들의 얼굴에서 변한 것이 무엇이었을까? 클로버는 희미한 눈으로 돼지들의 얼굴을 차례차례 바라보았다. 어떤 돼지는 턱이 다섯 개, 어떤 돼지는 네 개, 또 어떤 돼지는 세 개였다. 그들의 얼굴에서 뭔가 녹아내리고 있고 모양이 변하고 있는 것은 무엇일까? 마침내 박수갈채가 잠잠해지더니, 그들은 중단했던 카드놀이를 계속했다. 밖에서 지켜보고 있던 동물들은 조용히 그곳에서 물러났다.

그러나 그들은 20야드도 채 못 가서 걸음을 멈추었다. 요란한 소리가 농장 저택에서 들려왔기 때문이다. 그들은 달려가서 다시 창문을 들여다보았다. 그곳에서는 아나나 다를까 격렬한 싸움이 벌어지고 있었다. 그들은 고함을 지르고, 식탁을 내리치고, 의심의 눈초리로 서로를 노려보며 서로의 말을 맹렬하게 부정하고 있었다. 싸움의 원인은 나폴레옹과 필킹턴 씨가 동시에 스페이드 에이스 패를 내놓았기 때문인 듯했다.

열두 개의 성난 목소리가 서로 외쳐댔는데, 그 목소리들은 모두 똑같이 들렸다. 이제 돼지들의 얼굴에 무슨 일이 있었는지 의심할 여지가 없이 분명해졌다. 창밖의 동물들은 돼지를 살펴보다가 인간을 살펴보고, 다시 인간을 살펴보다가 돼지를 살펴보았다. 그러나 이미 어느 쪽이 인간이고 어느 쪽이 돼지인지 구분할 수 없었다.

옮긴이 박지현

출판물 기획 및 번역가. 고려대학교 영어영문학과를 졸업하였고, 동
대학원에서 영어교육학을 전공하였다. 다양한 영어 교재 및 수험서
개발 경험이 있다.

초판 2022년 3월 10일 2쇄
저자 조지 오웰
옮긴이 박지현
ISBN 979-11-90157-49-0(04840)
　　　 979-11-90157-47-6(세트)

출판사 북플라자
주소 서울시 강남구 논현동 118-13
홈페이지 www.bookplaza.co.kr

오탈자 제보 등 문의사항은 book.plaza@hanmail.net으로 보내주세요.
잘못된 책은 구입하신 서점에서 교환해 드립니다.